Der Neue

Mareike hatte geduscht. Noch nicht ganz fertig mit dem Abtrocknen, wischte sie mit einer Hand den feuchten Beschlag vom Badezimmerspiegel. Ganz nah ging sie mit dem Kopf heran. Ein prüfender Blick: Ein paar Sommersprossen, aber noch keine Fältchen. Sie war froh. Je nach Stimmungslage empfand sie ihre 32 Jahre als alt oder jung.

Ihr Frühstück war einfach, zwei Tassen Kaffee, schwarz, eine Schnitte Brot mit Leberwurst, eine mit Schnittkäse. Zwischen Kaffee und Brot las sie die neuesten Nachrichten auf ihrem Tablet-PC. Ganz zum Schluss rief sie die Kalenderfunktion auf. ´10.00 Uhr, Gespräch beim Alten´. Das bedeute keine Jeans. Sie entschied sich für einen grauen Hosenanzug.

Noch immer war sie ´nur´ kommissarische Leiterin der Inspektion 1, ihre Beförderung ließ auf sich warten. Wenn sie darauf angesprochen wurde, antwortete sie nur: ´Die Mühlen der Bürokratie mahlen langsam´.

Sie war pünktlich, fast überpünktlich. Als sie in das Büro kam, saß der ´Alte´, der Polizeidirektor, zuständig für Organisation und Personal, wie immer über seine Akten gebeugt. Ohne wirklich aufzusehen, forderte er sie mit einer Handbewegung auf, sich zu setzen.

„Frau Lakner, wie laufen die Geschäfte in ihrer Abteilung?" Dabei griff er sich eine neue Akte. Mareike wurde misstrauisch. Small Talk war eigentlich nicht die Art des Alten.

„Alles ruhig, keine neuen Fälle."

„Bisschen schmalbrüstig ihr Laden, seit Alfred und Otmar nicht mehr da sind. Da sind nur noch Sie, mit Michael Worek, dem jungen Computerfreak und Paul Schulte, der Scharfschütze mit seiner Bundeswehr-vergangenheit. Wir sind zwar keine Megabehörde, aber für ´Mord und schwere Verbrechen´ ist das zu wenig. Sie bekommen Verstärkung."

Er schlug die Akte auf. „Pascal Schubanowski kommt in ihre Abteilung. Fragen?"

„Ja, Alter, Vorgeschichte, was man so wissen muss."

„Alter 28, Fachhochschule, einige Zeit bei der Streife, ordentliche Beurteilungen."

„Irgendwelche besonderen Fähigkeiten?"

„Ich denke, ein ganz normaler Polizist tut ihrer Abteilung auch mal gut."

Schweigen.

Mareike erhob sich. „Wann kommt er?"

„Morgen."

Der Alte griff zu einer neuen Akte, das Zeichen dafür, dass das Gespräch beendet ist.

Pascal Schubanowski war ein normaler Polizist, sah aus wie ein normaler Polizist und benahm sich wie ein normaler Polizist. Verlegen stand er im Raum. Mareike bemühte sich, ihn nicht zu auffällig zu mustern.

„Viel Platz haben wir hier nicht. Sie teilen sich mit den beiden Kollegen das Zimmer. Ich hab´

ein kleines Büro für mich und da ist da noch der Besprechungsraum.

Die Kollegen Schulte und Worek werden Sie mit den notwendigen Bürosachen versorgen. Heute Nach-mittag setzen wir uns zusammen und besprechen was anliegt."

Es lag aber nichts an. Es war wirklich ruhig.

Pascal Schubanowski hatte seine neue Chefin auch aus den Augenwinkeln beobachtet. Er war überrascht, mit einer jungen und gutaussehenden Vorgesetzten hatte er nicht gerechnet. Er ließ sich aber nichts anmerken. Vielleicht würden die Kollegen ihm ja mal was erzählen.

Taten sie aber nicht.

Nach einer Woche trockener Büroarbeit wurde es Paul Schulte zu bunt.

„Sag mal Kollege Schubanowski, hast Du Vorfahren in Schottland?"

„Nee, wie kommst Du da drauf?"

„Na ja, Du bist jetzt eine Woche hier, hast aber immer noch keinen Einstand gegeben."

„Ach du Scheiße, ist das hier üblich?"

„Frag nicht viel, mach einfach."

„Und an was denkt ihr?"

„Na, die Chefin müssen wir mitnehmen und die isst gerne Italienisch. Also ins ´Al Ponte´." Ein fragender Blick. „Guck nicht so misstrauisch, wird schon nicht teuer. Sie isst meist nur einen Salat und wir bleiben bei ´ner einfachen Pizza."

„Wann?"

„Ich klär das, am besten schon morgen."

Am Tag nach diesem abendlichen Treffen stand Paul Schulte wie zufällig in Mareikes Büro.

„Und? Ihr Männer seid doch bestimmt nach dem Essen noch nicht ins Bett gegangen."

Paul grinste. „Nee, die Pizza hat durstig gemacht. Und wir mussten ja auch noch was klären."

„Klären? Was denn?"

„Na, Pascal Schubanowski ist kein Name, das ist ´ne Krankheit. Wir mussten einiges ausprobieren. ´Pass´ und ´Schuh´ haben wir aussortiert."

„Und das Ergebnis?"

„Schuba, kurz und knackig. Er ist einverstanden."

„Und was haben die Herren für mich gefunden?"

Paul grinste wieder. „Chefin. War doch klar."

„Und dafür habt ihr die halbe Nacht gebraucht."

„Chefin, Durst ist ´ne schlimme Sache. Aber ich hab´

die Kinder rechtzeitig ins Taxi gesetzt. Ich selbst bin zu

Fuß gegangen, hab´s ja nicht weit."

„Ich werde aber jetzt nicht Papa Schulte zu Ihnen sagen. Und jetzt raus."

Miranas Geschichte

Mirana stand vor dem großen Spiegel im Flur des alten Bauernhauses. Sie lächelte ihr Spiegelbild an. Mit einem Finger legte sie eine Locke ihrer schwarzen Haare an den richtigen Platz. Gut sehe ich aus, gut wie immer. Das weiße Hochzeitskleid saß wie angegossen. Sie fand, dass sie für ihre neunundzwanzig Jahre noch immer eine gute Figur hatte, sportlich und schlank. Sie war zufrieden, sie hatte ein Ziel erreicht. Sie wusste, dass noch ein weiteres Stück eines schwierigen Weges vor ihr lag.

Hier, in diesem Dorf, in diesem alten Gutshof, war ihre Heimat. Hier war sie mit ihrem Vater aufgewachsen.

Nur ihr Vater hatte Mirana zu ihr gesagt. Alle anderen hatten ihren Namen auf Mira verkürzt. Der Vater hatte sich liebevoll um sie gekümmert, denn die Mutter war schon gestorben als sie noch ein kleines Kind war. Oberst Skorski, ihr Vater, war ein schlauer Fuchs. Berufssoldat in der Armee des alten

Regimes. Sein Wahlspruch war: ´Im Krieg ist körperliche Abwesenheit besser als Geistesgegenwart´. Deswegen hatte er sich bei der Armee auf die Logistik konzentriert. Lagerung und Nachschub von Waffen und Munition waren seine Aufgaben, das Kämpfen überließ er anderen.

Mit der Ruhe bei der Armee war es aber vorbei. Aus einem einfachen Aufstand unzufriedener Studenten war ein halber Bürgerkrieg geworden. Oberst Skorski beobachtete die Entwicklung voller Sorge. Den aufflammenden Bürgerkrieg hasste er. Mit seinem Stellvertreter, einem jüngeren Offizier, hatte er deshalb einen heftigen Disput. „Es ist sinnlos mit Artillerie auf Siedlungen zu schießen. Mit jedem zerstörten Haus wächst die Wut der Bevölkerung." Sein Gegenüber hatte nur mit den Schultern gezuckt, „Befehl ist Befehl". Dem Oberst wurde klar, dass er alleine würde handeln müssen.

An einem Abend hatte er Mirana gebeten, gemeinsam mit ihm ein Glas Wein zu trinken, völlig ungewöhnlich für ihn.

„Mein Kind," eine unpassende Anrede, wie sie fand, sie war bereits im ersten Semester an der Hochschule, „ich muss ein vertrauliches Gespräch mit Dir führen."

Der Oberst schaute seine Tochter an und leerte sein Glas.

„Mirana, die Zeiten werden sich ändern. Wir müssen Vorbereitungen treffen. In meinem Arbeitszimmer steht mein Dienstcomputer. Ich bitte Dich, dass Du Dir eine Kopie von einem wichtigen Teil meiner Unterlagen machst. Ich zeige Dir von welchen. Aber verstecke sie gut. Es kann sein, dass ich in den nächsten Tagen die Seiten wechsle."

Am nächsten Tag standen zwei Militärlastwagen in der alten Scheune. Beide mit Kisten beladen. Mirana fragte nicht.

Die Revolution hatte zunächst mit einigen Steinwürfen und Barrikaden in der Nähe der Universität begonnen. Aber an jedem Tag wurde die Zahl ihrer Anhänger größer. Ein

Sieg gegen das alte Regime wurde möglich, war aber noch ungewiss.

Eine Woche nach diesem abendlichen Gespräch beim Wein, machte der Oberst seiner Tochter eine Ankündigung: „Mirana, morgen ist es so weit. Ich werde zu den Aufständischen wechseln."

Sie hatte zwar damit gerechnet, aber es waren auch Zweifel an seinem Entschluss bei ihr geblieben.
Der Tag verlief völlig anders, als alle Beteiligten gedacht hatten. Das Auto des Obersts fuhr auf eine Mine, der Fahrer und ihr Vater waren beide sofort tot. Wie es dazu kommen konnte, wurde nie geklärt.
Die Nachricht kam mit einiger Verzögerung im Radio. Mirana hatte sie zuerst nur ungläubig angehört, dann hatte sie viele Stunden geweint.

Nach zwei Tagen war ihr klar, dass sie in der Pflicht war, das Werk ihres Vaters zu vollenden. Sie war sich zuerst unsicher, wie sie es anstellen sollte. Am Einfachsten war es nach ihrer Meinung, es an der Uni zu versuchen. Da kannte sie sich ein bisschen aus und dort hatte der Aufstand seinen Ursprung. Und hier begegnete sie Ivo Vulkanovic zum ersten Mal. Er war ein politischer Agitator, gehörte zur Führungsgruppe der Bewegung. Ihn steuerte sie gezielt an und offenbarte sich als Tochter von Oberst Skorski. Er wollte sie aufbrausend abweisen, sie lächelte ihn aber nur an.

„Was willste?"

„Ich habe etwas für euch." Dabei begann sie ihre Bluse aufzuknöpfen.

In Ivos Augen gab es ein schwaches, begehrliches Funkeln.

Sie griff nach der Silberkette um ihren Hals und dem kleinen USB-Stick, der daran befestigt war. „Das ist wichtiger als meine Titten", sagte sie barsch. „Dafür ist mein Vater gestorben. Eigentlich wollte er euch diese Informationen überbringen."

„Was ist das?"

„Schaut selber nach. Ich hab´ es nur von seinem Dienstcomputer runtergeladen."

„Gut. Warte hier. Aber keine Mätzchen."

Es dauerte nicht lange, nur ein paar Minuten.

„Wenn die Informationen stimmen, sind sie sehr wertvoll. Es könnte aber auch eine Falle sein. Deshalb bitte wir Sie – wie heißt Du überhaupt?"

„Mirana Skorski, meine Freunde dürfen mich Mira nennen, Du noch nicht."

„Oh, sehr selbstbewusst. Egal, eine Mitarbeiterin begleitet Dich zu Deinem Gastzimmer. Sie wird auch dortbleiben, bis wir sicher sind, dass es keine Falle ist."

Es war keine Falle. Die Unterlagen über Waffenlager, einschließlich deren Bewachung und Befestigung, und über die Transportwege der alten Armee hatten wesentlich zum Sieg der Aufständischen beigetragen. Mirana wurde der Ehrentitel ´Heldin der Revolution´ verliehen. Auf der Siegesfeier hatte sie mit Ivo getanzt. Sie hatten sich sogar geküsst. Ivo wollte mehr. Sie hatte ihn jedoch freundlich abgewiesen. Sie wollte sein Begehren, nicht seine Befriedigung.

Nach einigen Monaten hatte sich die Lage im Land stabilisiert. Ivo war Mitglied des vorläufigen Parlaments und der Provisorischen Regierung. Mirana hatte im ersten Überschwang des Sieges als Dank für ihren wichtigen Anteil am Erfolg, auf ihren Wunsch, einige alte Militärlastwagen und die Konzession für grenzüberschreitende Logistik erhalten. Ein langes Gespräch mit Ivo als Mitglied der Regierung hatte diesen davon überzeugt, dass ein Unternehmen für Transport und Logistik auch Räume benötigt. Ihr wurde ein aufgegebener Kasernen-standort übertragen. Sie hatte sich einen bestimmten ausgesucht, nicht zufällig war es der, in dem früher die Fahrzeuge der Armee gewartet wurden. Und sie hatte den nichtjuristischen Begriff ´Übertragung´ in einen richtigen Eigentumstitel zu ihren Gunsten verwandelt. Sie war die jetzt Chefin und Eigentümerin der Firma IMPEX. Sie handelte und transportierte alles, mit Ausnahme von Lebensmitteln. Das Geschäft lief gut. Die ´neuen Herren´ hatten einen großen Nachhol-bedarf und auch andere Bürger verlangten nach modernen Gütern aus dem Ausland.

Immer wieder kreuzten sich Miras Wege mit Ivo. Hier ein Empfang, dort eine kleine Feier im Kreis von Geschäftsfreunden. Sie flirtete mit ihm, blieb aber auf Distanz. Stand sein Name mal nicht auf einer Gästeliste, dann sorgte sie für eine Korrektur, entweder über ihre geschäftlichen Verbindungen oder sie machte das Ministerbüro auf die Notwendigkeit einer Teilnahme von Minister Vulkanovic aufmerksam. Sie wusste was sie wollte. Und sie wusste, dass sie dieses Spiel nicht ewig würde fortsetzen können.

Eine dieser Feiern fand im ehemaligen Hotel ´Kosmopol´, ein neuer Name war noch nicht gefunden, statt. Diesmal folgte sie nach der Feier Ivo auf sein Zimmer.

Als er am Morgen aufstehen wollte griff sie im Doppel-bett nach seiner Hand.

„Ivo, gestern Abend war ich betrunken, -eine Lüge, sie war von dem bisschen Wein bestenfalls angeheitert- da hast Du mich gevögelt. Heute Morgen will ich Dich ficken." Er hatte sie erstaunt angesehen, sich aber ihr nicht entzogen.

Auch wenn es ein kopfiger Plan war, den sie verfolgte, am Ende siegte die Lust. Bei beiden.

Jetzt war sie sicher, dass sein Verlangen groß war. Am nächsten Tag hatte sie das Gespräch mit ihm gesucht.

„Ivo, ich bin sehr an einer Fortsetzung interessiert, aber ich bin kein billiges Mädchen. Ich will Dich heiraten". Zuerst hatte er gezögert. Dann hatte sie sich auf seinen Schoß gesetzt und unter Küssen hatte er zugestimmt.

Eine Hochzeit auf dem Lande war eigentlich nicht nach seinem Geschmack. Sie erklärte ihm: „Du kannst deinen Junggesellenabschied mit deinen revolutionären Freunden in der Stadt feiern. Aber eine traditionelle Hochzeit auf dem Lande ist für deine politische Zukunft besser."

Das hatte er eingesehen. Sie hatte alles arrangiert. Das ganze Dorf hatte sie eingeladen, sogar den Popen, nicht für einen Trauzeremonie, aber er sollte seinen Segen geben. Und vor allem waren viele Medien-vertreter auf ihren Wunsch anwesend. Die Firma IMPEX übernahm die Kosten für die Feier. Aber die hielten sich im Rahmen. Mirana hatte Wert auf traditionelle, einfache Kost und Wein aus der Gegend gelegt.

Noch am Tag der Hochzeit hatte Ivo über die vielen Gäste und vor allem über den Popen gemault. „Bürgerlicher ging es wohl nicht." Aber seine Stimmung wurde sofort besser, als er am nächsten Tag das Presseecho und auch die Berichte in den sozialen Medien las. Vor allem eine Überschrift hatte es ihm angetan: ´Ivo Vulcanovic – ein Mann des Volkes´.
„Du bist eine schlaue Füchsin". Komm her.

´Das stimmt. Hab´ ich wohl von meinem Vater´. Das sagte sie nicht, sondern dachte es nur. Langsam drehte sie sich im Bett zu ihm.

Ziele

Es war nicht Miras Art, die Dinge direkt anzusprechen. In den acht Jahren ihrer Ehe hatte sie gelernt, Ivo auf die sanfte Tour zu beeinflussen.

Redewendungen wie: ´Ich habe da von einer Alternative gehört´ oder ´Mir hat jemand einen anderen Vorschlag gemacht´ führten meist zum Ziel. Es dauerte höchstens drei Tage, dann hatte Ivo ihre Anregung aufgenommen und trug sie als seine eigene Idee vor. Nur einmal war sie von dieser indirekten Methode abgewichen, damals, in einem entscheidenden Moment, als sie ihm ohne Umschweife vorschlug, dass er sich von seinen politischen Studienfreunden trennen müsse.

„Ivo, die bleiben immer eine Minderheit. Du hast Charisma, Du bist der geborene Anführer, gründe deine eigene Partei."

Er hatte eine Woche gebraucht.

Dann hatte er die Partei ´Arbeit und Fortschritt (AuF)´ gegründet. Mira hatte sich und ihre Firma stark in seinem Wahlkampf engagiert. In ihrer Firma hatte sie Tafeln für Großplakate fertigen lassen, ein Werbemittel, das bisher in ihrem Land völlig unbekannt war. Die passenden Plakate hatte sie auch auf Firmenkosten erstellen lassen. Sie zeigten nur ein Foto von Ivo, lässig mit offenem Hemd, aber mit Sakko, und den Schriftzug ´Arbeit und Fortschritt´. Ihre Mitarbeiter waren erst unwillig, aber als sie verkündete, dass es für die Arbeit an diesem ´Projekt´ eine gute Prämie geben würde, hatten sich fast alle freiwillig gemeldet. Sie hatte sogar einen kleinen Kredit aufnehmen müssen, aber sie betrachtete diese Wahlwerbung als eine Investition, nicht nur in ihr Land, sondern vor allem in die Zukunft der Firma IMPEX. Ivo hatte über die Werbetafeln zuerst gesagt, „Was soll der Quatsch. Wir müssen uns vor allem in den sozialen Medien präsentieren." „Damit erreichst Du nur einen Teil der Bevölkerung in den Städten. Den großen Teil der ländlichen Bevölkerung erreichst du nicht. Und das ist die Mehrheit der Wähler." Die alten Militärlastwagen brachten die großen Plakattafeln in sehr viele Dörfer, eine Neuigkeit, die dort sofort Gesprächsstoff war. Wie sie es vorhergesehen hatte, hatte seine Partei bei den Wahlen eine Mehrheit errungen. Keine absolute Mehrheit, aber doch ein deutlicher Vorsprung vor den Mitbewerbern. Auf Miras Rat hatte er sich nicht mit den Sozialisten verbündet, sondern mit der Bauernpartei und der Partei der bürgerlichen Mitte eine Koalition gebildet.

Seit drei Jahren war er nun Präsident.

Ivo saß im Halbdunkel in einem Sessel im Wohnzimmer seines Hauses. Allein, mal wieder.

Das Büro der Firma IMPEX hatte angerufen: ´Die
Besprechung mit den Kunden dauert noch länger´.

Er mochte diese Kunden nicht. Kurden, Syrer, Afghanen, Palästinenser und alle möglichen anderen Rebellen.

Wütend hatte er den Fernseher ausgeschaltet und eine Flasche Rotwein geöffnet. Es war nicht nur Wut, sondern eine Mischung aus Wut, Verbitterung und Resignation.

Er wollte nicht resignieren.

In Gedanken hatte er schon viele Pläne geschmiedet und wieder verworfen. Er begann erneut zu grübeln.

Er schenkte sich ein weiteres Glas Wein ein. Es war schon das dritte.

Langsam kamen Erinnerungen in ihm hoch. Am schönsten waren die Bilder von seinem Wahlsieg.

Jubelnde Menschen vor dem Haus, in dem sich das Büro seiner erst zwei Jahre zuvor gegründeten Partei befand. Und die lauten ´Ivo´-, ´Ivo´ -Rufe. Politisch hatte er nach seinem Aufstieg alles gut geordnet. Den Vertreter der Bauernpartei hatte er zum Land-wirtschaftsminister ernannt. Dessen erstes Amtsjahr verlief zur Zufriedenheit der Bauernpartei. Den Großgrundbesitzern wurden große Teile ihrer Flächen genommen und an die Kleinbauern und Landarbeiter verteilt. Nach dem großen Jubel war dann die große Ernüchterung gekommen. Die Versorgungslage im Land hatte sich vor allem in den Städten verschlechtert und nennenswerte Exporte von landwirtschaftlichen Produkten gab es für die Bauern auch nicht.

Zur Ministerin für Gesundheit und Familien hatte er eine von der Partei der Bürgerlichen Mitte vorgeschlagene Ärztin gemacht. Sie machte ihre Sache gut. Vor allem kümmerte sie sich um die Krankenhäuser und hatte auch eine mobile Arztversorgung für die ländliche Bevölkerung organisiert, finanziert durch ausländische Spenden und Hilfsprogramme. Sie war keine Parteifreundin, aber eine Stütze seiner Regierung.

Zwei seiner persönlichen und parteilichen Freunde hatte er zu Ministern für Verteidigung und Außenpolitik und Finanzen ernannt. Sie bildeten das Kabinett im Kabinett, tagten meist einige Zeit vor der offiziellen Runde. Und sie Drei hatten gleiche Interessen, vor allem was Geld anging.

Jeder bekam seinen Teil vom Kuchen.

Der Wehrdienst war Pflicht, aber gegen einen Obolus konnte man davon befreit werden. Eine gute Quelle für persönliche Einnahmen. Die Banken des Landes erhielten viele Überweisungen von Landsleuten aus dem Ausland, die damit ihre Familien in der Heimat unterstützten. Jetzt mussten für solche Überweisungen Abgaben an den Staat gezahlt werden. Ivo hatte den Finanzmister auf Vor-schlag seiner Frau bremsen müssen. Der hatte eine Abgabe von einem Prozent vorgeschlagen. ´Nein´, hatte sie zu Ivo gesagt, ´eine solche Zahlung muss einfach und für jeden berechenbar sein.´ Ivo hatte im Kabinett den Betrag von einem Euro durchgesetzt. „Lieber wenig von Viel, als viel von Wenig." Der Finanzmister hatte erst gemurrt, aber nach dem ersten Geld auf seinen Konten hatte er sich erfreut gezeigt.

Er selbst leitete die Ressorts Bauen, Verkehr

und Infrastruktur. Der Presse hatte er gesagt: „Ich will bescheiden im Hintergrund bleiben, ein Arbeiter im Weinberg des Herrn." Er reiste viel durch das ganze Land, am liebsten zu Grundsteinlegungen. Neulich hatte ihm ein Dorfältester sogar die Hand geküsst. Die Gelder für all die Projekte kamen zum großen Teil von internationalen Strukturfonds. Er vergab die daraus finanzierten Aufträge meist an einheimische Firmen. Die kannten sich mit den Gegebenheiten in seiner Heimat aus, auch mit den besonderen finanziellen Gepflogenheiten dort.

Er und seine beiden Ministerkollegen waren zufrieden.

Manchmal träumte er. Nicht von einem größeren Haus, einem schnelleren Wagen oder anderen Luxusgütern, nein, er träumte von einer kleinen Familie, von Kindern, einem einfachen Haus auf dem Lande.

Jetzt saß er in einem goldenen Käfig.

IMPEX

Miras Ehe war nach der ersten Zeit des Begehrens zu einer Zweckgemeinschaft geworden. Kinder hatten sie keine und Mira hatte beschlossen, dass es auch so bleiben solle. Jeder hatte seine eigenen Ziele, war aber auf die Unterstützung des anderen angewiesen. Ivo hatte mit ihrer Hilfe sein politisches Ziel erreicht. Miras geschäftliche Ziele waren nicht so einfach zu erreichen. Anfangs hatte die Firma IMPEX glänzende Geschäfte gemacht. Aber dann war ausländische Konkurrenz auf dem heimischen Markt erschienen. Konsumgüter konnten die besser und billiger anbieten. Mira musste sich ein neues Geschäftsfeld suchen. Die alte Scheune und die darin von ihrem Vater versteckten vollen Lastwagen fielen ihr wieder ein. Wie sie vermutet hatte, waren auf den Wagen Waffen und Munition. Das wurde zu ihrem Start-kapital, sie stieg ins Waffengeschäft ein. Der inländische Markt war schnell bedient, ihre Vorräte waren auch nicht so groß, aber sie hatte sich damit einen Namen in der Szene gemacht. Nachdem die Vorräte aus der alten Scheune fast ganz aufgebraucht waren, wurden einfache Waffen jetzt in der ehemaligen Lkw-Werkstatt produziert. Bei IMPEX konnte jeder, der zahlte, alle möglichen tragbaren oder doch leicht transportierbaren Waffen erhalten, es wurde nicht viel gefragt.

Die Geschäfte liefen sehr gut, wenigstens anfangs. Dann tauchten neue Lieferanten auf dem Markt auf, vor allem aus Russland und seinen ehemaligen Sattelitenstaaten. Die Umsätze von IMPEX gingen drastisch zurück. Mitten in dieser Flaute schlugen zwei ihrer großen Abnehmer Mira dann ein Koppelgeschäft vor.

„Was heißt das?" fragte sie.

„Auch wir müssen unser Geld verdienen. Sie sind doch im Transportwesen tätig und haben beste Be-ziehungen nach oben. Das würden wir gerne nutzen. Wenn Sie uns dabei helfen, werden wir trotz der bei Ihnen höheren

Preise mit Ihnen im Geschäft bleiben, mit großen Mengen."

„Das ist Erpressung."

„Wenn Sie es so nennen wollen."

„Worin soll denn dieses Koppelgeschäft bestehen?"

„Wir möchten gerne bestimmte Dinge in die EU-Staaten bringen."

Der zweite ergänzte: „Wir bringen diese Waren in 12Fuß-Containern nach Bar in Montenegro."

„Das ist aber kein EU-Staat."

„Da beginnt ja unser Problem." Wieder der zweite Partner. „Die Container sind verschlossen und verplombt, Zollpapiere bis Montenegro sind in Ordnung, die Kontrollen außerhalb der EU-Grenzen sind nicht scharf. Bis zum Hafen Bar geht es ziemlich leicht und dort haben wir dann hilfsbereite Partner. Der weitere Weg ist schwierig. Für IMPEX dürften die Zollpapiere für einen weiteren Transport kein Problem sein. Sie sind die Frau des Präsidenten."

„Was springt dabei heraus?" Die entscheidende Frage für Mira.

Es wurde eine Zahl genannt, eine hohe.

Miras Augen leuchteten.

„IMPEX ist dabei."

Für die nächste Etappe sorgte sie vor, in ihrer Wohnung am Abend, bei einem Glas Wein.

„Ivo, Schatz, ich brauche eine Plombenzange und eine Rolle mit Zollplomben."

„Was willst Du mit einer Plombenzange? Ist eine Wasserleitung kaputt?"

„Ivo, stell Dich nicht dumm. Ich will eine Zange mit der man Zollplomben mit dem amtlichen Siegel versieht."

„Wo soll ich die denn herkriegen?"

„Bist Du der Präsident?"

Ivo war unwillig, aber Mira wusste, wie sie ihn umstimmen konnte. „Komm, wir stoßen auf alte Zeiten an." Nach einem ersten Schluck nahm sie Ivo das Glas aus der Hand.

Zwei Tage später bat Ivo den Chef der Zollbehörde um eine Zange und Zubehör. Der reagierte erstaunt auf die Bitte seines Präsidenten.

„Ich will ein neues Design für unser Wappen ausprobieren", erklärte Ivo.

Ein junger Zollinspektor notierte in sein Inventarverzeichnis: ´Plombenzange an Präsident ausgeliehen, Datum´.

Dieses neue Geschäft lief lange Zeit mehr als glänzend, IMPEX verdiente gut. Nach einigen Monaten saßen ihre zwei Geschäftspartner wieder in ihrem Büro.

„Wir werden unsere Geschäftsbeziehungen beenden müssen, trotz aller Erfolge. Für ihre einfachen Waffen gibt es keinen Markt mehr. Unsere Kunden verlangen modernes Gerät: Lenkdrohnen, steuerbare Raketen-geschosse zur Abwehr von Hubschraubern, Booster mit Lenkgeschossen zur Panzerabwehr. Kann IMPEX das liefern?"

Mira musste zugeben, dass das über die Möglichkeiten ihrer kleinen Fabrik hinausging.

„Betrifft diese angedrohte Beendigung alle Geschäfte? Auch die Transportleistungen?"

„Ja. Wir stehen auch unter Druck."

Mira konnte rechnen, die Verluste würden erheblich sein. Daher versprach sie, dass sie sich bemühen würde, die Wünsche der Herren zu erfüllen. Die Herstellung der meisten Teile könne in ihrer kleinen Fabrik erfolgen, um die Zulieferung der erforderlichen Komponenten und der Elektronik würde sie sich persönlich kümmern, allerdings ohne Erfolgsgarantie.

„Ich benötigte allerdings mindestens ein Musterteil, vor allem der Elektronik, sonst kann ich nicht planen."

Sie möchte die Herren gerne als Kunden behalten.

„Gut, Frau Vulkanovic, weil wir bisher mit ihnen sehr zufrieden waren, geben wir ihnen drei Monate Zeit um zu klären, ob IMPEX solche Waffen liefern kann. Das Musterteil erhalten Sie in den nächsten Tagen."

Für diese Kundenwünsche eine Lösung zu finden war nicht einfach, sie musste erneut mit Ivo sprechen, mal wieder am Abend bei einem Glas Wein.

„Schatz, dein Verteidigungsminister muss für unser Land Lenkwaffen bestellen."

„Was sollen wir mit dem Quatsch?"

„Ich habe nicht gesagt, dass wir sie kaufen sollen, sondern nur mal anfragen, nur so tun, als ob wir welche bestellen wollten. Für IMPEX ist das wichtig, sonst wird die Firma bald nur noch zum Lohnkutscher."

„Du immer mit Deinem IMPEX, IMPEX."

„Schimpf ruhig auf meine Arbeit in der Firma, aber die gefüllten Konten freuen Dich und Du bedienst Dich auch gerne daran."

Ein starkes Argument.

„Was willst Du denn konkret?"

„Ich brauche nur ein Gespräch mit einem Offizier, der Ahnung von solchen Dingern hat und in der Lage ist, entsprechende offizielle Anfragen aufzugeben."

Drei Tage später war der Besuch eines jungen Leutnants in ihrem Haus angekündigt. Mira hatte eine Flasche Wein und zwei Gläser auf den Tisch gestellt.

Als der Offizier erschien, war ihre Enttäuschung groß.

Der junge Leutnant war klein und dicklich, mit Glatze,

aber wie sich im Gespräch herausstellte, ein heller Kopf. Sie servierte Tee.

„Es ist sicher ungewöhnlich für Sie, hierher eingeladen zu werden, aber mein Mann prüft ein Geheimprojekt, von dem nur wenige wissen sollen. Sie gehören jetzt dazu."

Dann erläuterte sie ihren Plan. Er solle auf offiziellem Briefbogen seines Ministeriums bei möglichst mehreren Firmen Lenkwaffen zur Abwehr von Panzern und Hubschraubern und auch lenkbare Drohnen anfragen. Möglichst detaillierte Beschreibungen von Teilsystemen und Zulieferern seien erforderlich. Alle Antwortschreiben müsse er wegen der Geheim-haltung wieder zu ihr bringen.

„Kaufen wir auch Waffen in der Türkei?"

„Ja natürlich, aber nur solche ohne Elektronik, also konventionelles Zeug."

„Fragen Sie auch bei türkischen Firmen solche Waffen an. Und bringen Sie auch die Unterlagen über die türkischen Waffenfirmen mit zu mir."

Dem Leutnant war die ganze Art und Weise des Vor-gehens nicht ganz geheuer, aber es war ja schließlich die Frau des Präsidenten. Er machte sich an die Arbeit.

Nach drei Wochen erschien er mit einer Mappe voller Antwortschreiben in Ivos Villa. Mira bedankte sich bei ihm, formlos.

In einigen Schreiben waren auch Namen und Anschriften der amerikanischen Zulieferer für die Elektronik enthalten. Im Namen der türkischen Waffenfirma – entsprechende Kopfbögen waren mit Hilfe eines Computers schnell erstellt - bestellte sie nun unterschiedliche Elektronikteile in großen, aber immer verschiedenen Stückzahlen, bei Firmen in den USA. Gleichzeitig teilte sie in den Auftragsschreiben mit, dass die Lieferung an das Außenlager der Firma in Belgien erfolgen müsse. Wegen noch zu klärender Lizenzfragen sei eine direkte Lieferung an das türkische Hauptwerk im Moment noch nicht möglich.

In den drei Wochen seit dem ersten Gespräch mit dem Offizier war sie nicht untätig gewesen. Auf einem ehemaligen Militärgelände der belgischen Armee hatte sie zwei alte Hallen angemietet, zur Freude des Immobilienhändlers. Ein kleines Gebäude hatte sie weiß streichen lassen, zwei Zimmer als einfache Büros eingerichtet. Bei den Hallen waren die Fenster von innen mit Kalkfarbe gestrichen worden und Neonlampen brannten Tag und Nacht. Ein Blechschild verkündete: ´Lagergebäude. Zutritt nur für befugte Personen´.
Für zwei junge und clevere kaufmännische Mitarbeiter aus ihrer Firma hatte sie eine einfache Wohnung in Deutschland angemietet, anonymes Hochhaus in Innenstadtlage, mit Garage, kurz hinter der

Grenze. Die Aufgabe der jungen Leute war, die Lieferungen aus

den USA anzunehmen und auch ordentlich zu quittieren. Und zum Schein auch einen kleinen Büro-betrieb vorzutäuschen. Die beiden Mitarbeiter hatten sich für diese Aufgabe spontan freiwillig gemeldet, ein junger Mann und eine junge Frau, beide unverheiratet. Mira ahnte, woher diese spontane Bereitschaft zu einem Auslandsjob gekommen war, aber ihr war es egal.

Jeden Abend sollten die gelieferten Waren in die deutsche Wohnung gebracht werden. Gemeldet waren die Mitarbeiter dort nicht, sie hatten nur Touristenvisa, aber die hatten genügt, um einen Leihwagen anzumieten.

Nach der Umladung in die Wohnung mussten sie Mira telefonisch melden, welche Teile in welcher Menge angekommen waren. „Nur per Handy, mit Prepaid-Card," hatte Mira ihnen eingeschärft. „Ihr müsst außerhalb des Büros unsichtbar bleiben. Und wenn ich ein Zeichen gebe, sofort das Lagergebäude räumen. Die Wohnung ist sicher, da kann alles erst mal einige Zeit bleiben."

Zulieferfirmen für die mechanischen Teile der Waffen zu finden war nicht so einfach. Das eine oder andere Unternehmen kannte sie bereits von ihren bisherigen Waffengeschäften. Trotzdem hatte sie viele Gespräche und Besuche im Ausland machen müssen, manche Ablehnung erfahren. Aber am Ende war sie fündig geworden: ein kleines Familienunternehmen in einer deutschen Mittelstadt.

„Ich bringe Ihnen Zeichnung und Musterteile, ihre Firma fertigt danach die passenden Komponenten mit den entsprechenden Anschlussstellen für die elektronische Steuerung. Sie werden keine Waffen an IMPEX liefern müssen, nur Bauteile, ohne Elektronik. Die Endfertigung erfolgt bei uns. Sie verstoßen gegen keine Exportverbote." So wurde der Deal vereinbart, ´Maschinenteile´ gegen gutes Geld, einen Teil davon in bar. Der Inhaber und gleichzeitiger Chef der Firma war beruhigt und zufrieden.

Planungen

Es war einer der wenigen Abende, an denen Mira mit Ivo gemeinsam im Wohnzimmer bei einem Glas Wein saß. Sie schnurrte wie eine Katze. Ihr Ziel war ein Staatsbesuch in Deutschland, nicht irgendwo, sondern in einer bestimmten Stadt.

„Was soll ich in dem Kaff?" Ivo war ungehalten.

„Ivo, Schatz, Du weißt doch, dass ich dort ein wichtiges geschäftliches Gespräch führen muss."

„Das kannst Du doch telefonisch erledigen."

„Aber ich kann keine Zeichnungen und kein Bauteil durchs Telefon schicken."

„Dann schick es als Paket."

„Ivo, diese Bauteile unterliegen einem Embargo. Ich bin auf den Transport im Diplomatengepäck angewiesen. Wie Du weißt, wird das nicht kontrolliert."

„Mal wieder im Waffengeschäft unterwegs. Worum geht es denn diesmal?"

Mira begann eine Erklärung. Ivo hörte nur mit halbem Ohr zu, nach einigen Sätzen gar nicht mehr. Ihre Geschäfte interessierten ihn nicht.

Eigentlich war er ihre Bevormundung leid und Lust auf so einen förmlichen Termin hatte er auch nicht, aber das Wort ´Diplomatengepäck´ hatte ihn auf einen Gedanken gebracht. Und vielleicht gab es auch die Chance für einen Plan.
„Wer soll das alles organisieren, Städtepartnerschaft und den ganzen Klimbim."
„Dafür haben wir eine Botschaft und einen Botschafter. Es sollte nur relativ schnell gehen."
„Na gut, Dir zu liebe."
Sie bedankte sich mit einem Kuss. Es blieb nicht bei dem Kuss.

Am Morgen nach diesem Gespräch über die mögliche Städtepartnerschaft blieb Ivo im Bett liegen. Er war nicht müde, er wollte seinen Gedanken nachgehen. Mira war schon fort, natürlich wieder zu IMPEX. Er brauchte als Erstes Zeit. Den Botschafter würde er anweisen, dass ein solcher Besuch frühestens in vier Wochen stattfinden könne.

Langsam wurden ihm die erforderlichen Schritte klar.

Er brauchte einen zuverlässigen Begleiter und eine Begründung für diesen Begleiter.

Er stand auf, ein Frühstück mit einer Tasse Kaffee und einem Croissant. Ohne Eile ging er von seiner Villa zu

seinem Dienstwagen. Der Fahrer wollte ihn zum Regierungssitz fahren. „Nein, heute fahren wir erst zur Polizeidirektion", dirigierte er ihn um.

Der Chef der Polizei empfing ihn mit fragendem Blick.

„Herr Präsident, ihr Besuch überrascht mich."

„Das soll er auch. Und ich will auch andere über-raschen, vor allem diese Opposition. Wir müssen etwas unternehmen. Ich schlage eine Durchsuchung vor, Redaktion und Druckerei dieser oppositionellen Zeitung. Die Artikel und diese Flugblätter werden in letzter Zeit sehr unverschämt."

„Herr Präsident, in der Zeitungsdruckerei werden wohl kaum Flugblätter hergestellt."

„Sind Sie sicher, ich nicht. Eine Durchsuchung kann ja nicht schaden. Sie sollen sich beobachtet fühlen."

„Wenn Sie es wünschen."

„Ja, ich wünsche es."

Er wollte noch etwas anfügen, aber dann stoppte er.

Nicht hier. Je weniger man etwas von seinem Plan erkennen konnten, desto besser war es. Nun hatte er eine Begründung, jetzt brauchte er noch eine Person.

Gedanklich hatte er in seinen Erinnerungen gekramt.

Bei einem Namen war er stecken geblieben: Sladko.

Sladko hatte mit ihm gemeinsam an der Universität studiert. Ivo hatte Vorlesungen und Seminare besucht, Sladko Bars und Lokale. Und vor allem die Studentinnen hatten es ihm angetan. Auf Vor-haltungen hatte er lachend geantwortet: „Man muss auch die Frauen mit den Zielen der Revolution vertraut machen". Natürlich war er ohne Studienabschluss geblieben. Nach Ivos politischem Erfolg war er bei ihm aufgetaucht, arbeitslos. Aus alter Freundschaft und weil er auch zu den Aufständischen der ersten Stunde gehörte, hatte Ivo ihm einen Versorgungsposten bei der Polizei verschafft. Sladko war jetzt Polizeioffizier für besondere Aufgaben. Er trug nur selten Uniform, oft war er tagelang nicht in der Dienststelle. „Heute gibt es keine besonderen Aufgaben", sagte er dann.

Ivo informierte seine Mitarbeiterin im Vorzimmer, dass er den Polizeioffizier Sladko dringend sprechen müsse, persönlich, hier in seinem Büro.
Das Gespräch fand erst am Vormittag des nächsten Tages statt. Die Mitarbeiterin im Vorzimmer hatte nur mit viel Mühe den Polizeioffizier Sladko ausfindig machen können.

Sladko war unsicher. Traf er jetzt seinen obersten Dienstherrn oder seinen alten Kumpel.

„Nehmen Sie Platz, Offizier Sladko."

Ivo berichtete von dem geplanten Staatsbesuch in Deutschland. Dort möchte er von eigenen Personenschützern begleitet werden. Sladko solle sie führen. „Schließlich sind Sie Polizeioffizier für besondere Aufgaben. Nehmen Sie zwei junge Polizisten dazu, am besten solche, die vielleicht ein bisschen Deutsch sprechen, wenn nicht, dann ist Englisch aber ein Muss."

Sladko war angespannt. Er freue sich auf diese besondere Aufgabe und er dankte für das Vertrauen.

„Ja, Vertrauen ist wichtig", Ivo sagte das nachdenklich. Sladko wollte aufstehen, dass Gespräch schien beendet zu sein. Ivo drückte ihn sanft in seinen Sessel zurück.

„Sladko, das war der offizielle Teil. Jetzt kommt der persönliche. Wie geht es Dir? Was machen die Frauen? Erzähle."

Die Anspannung fiel von Sladko ab. Zuerst langsam, dann immer lebhafter berichtete er, mehr oder weniger ungeordnet. Ivo lachte ein paar Mal laut.

„Du bist immer noch der alte Haudegen. Gerne würde ich mit Dir mal wieder um die Häuser ziehen, aber in meiner Position geht das nicht mehr."

Das sah Sladko ein.

„Willst Du mich nicht mal zu Hause besuchen, ich bin oft allein. Meine Frau ist ja mit IMPEX verheiratet."

Sladko war begeistert. Nach einem Blick in den Terminkalender verabredete man sich für die nächste Woche.

Ivo wollte nichts überstürzen. Erst mal testen. Bei diesem ersten Besuch im Hause Vulkanovic wurde viel über alte Zeiten geredet, ein wenig über die Last der Ehe. In den folgenden Tagen ließ Ivo Sladko observieren. Aber bei keinem seiner zahlreichen Besuche in unterschiedlichen Lokalen und Bars erzählte er von seinem Besuch in der Präsidentenvilla. Auch das nächste Treffen war harmlos, die Observierung wieder ohne Ergebnis. Sladko war kein Plauderer.

Erst bei ihrem dritten Treffen sprach Ivo ihn offen an.
„Sladko, ich habe da ein Problem. Zu Dir habe ich großes Vertrauen."

Der Staatsbesuch

Die Stadt hatte zu einem Pressetermin ins Rathaus eingeladen. Der Bürgermeister wolle selbst eine Neuigkeit verkünden.

In Begleitung seines Pressereferenten betrat der Bürgermeister den Raum, ein schneller Blick in die Runde. Er war enttäuscht. So wenig Journalisten, aber was konnte er erwarten. Die Zeitung war da, es gab nur noch diese eine am Ort, das Lokalradio, eine Bloggerin und die Mitarbeiterin eines Anzeigenblattes. Immerhin war das Fernsehen anwesend, wenn auch nur mit der Lokalredaktion.

„Meine Damen und Herren, ich habe die große Freude ihnen mitteilen zu dürfen, dass unsere Stadt als erste deutsche Stadt für eine Partnerschaft mit einer Stadt in dem neuen demokratischen Staat auf dem Balkan ausgesucht worden ist. Präsident Vulkanovic und seine Gemahlin werden uns mit ihrem Besuch beehren."

Die Journalisten unterbrachen: „Wann wird dieser Besuch sein?"

„In den nächsten Wochen, das genaue Datum steht noch nicht fest. Wir klären das gerade mit der Botschaft."

„Wer wird dort die Partnerstadt?"

„Der Botschafter hat uns mitgeteilt, dass Präsident Vulkanovic eine Auswahl geeigneter Städte seines Landes mitbringen wird. Wir werden bei einem Besuch das vor Ort klären. Dabei werden wir nicht nur nach äußerlichen Kriterien wie Größe, Struktur und Ähnlichem entscheiden, sondern auch schauen, welche industriellen, kulturellen, sportlichen und auch weiteren Anknüpfungspunkte es gibt. Vielleicht gibt es ja auch eine Schule, in der Deutsch als Fremdsprache unterrichtet wird."

„Steht das Datum dieses Gegenbesuchs denn schon fest?" fragte die Mitarbeiterin des Anzeigenblatts.

„Nein, zuerst wollen wir den Vertrag mit Präsident Vulkanovic unterschreiben."

Ivo wurde unruhig. Der enge Zeitplan des Staatsbesuchs ließ ihm keinen Freiraum.

„Mira, ich brauche Deine Hilfe."

Sie kam mit ruhigen Schritten aus dem Badezimmer ihrer Hotelsuite.

„Die Deutschen haben hier in Berlin alles minutenscharf durchorganisiert. Das Protokoll lässt mir keine Chance auf eine paar freie Minuten. Aber ich müsste etwas Wichtiges erledigen."

„Was gibt es denn so Wichtiges?"

„Ich müsste zur Bank, ein Konto eröffnen. Das musst Du jetzt machen. Mein Büro hat schon mit der Bank gesprochen und Dich angekündigt. Der Filialleiter bei der Deutschen Bank wird Dich empfangen."

„Kann ich machen, ich wollte sowieso einen Einkaufsbummel machen. Gott sei Dank gibt es kein offizielles Damenprogramm. Aber warum sofort zum Filialleiter, ein Konto kann man auch einfacher eröffnen, sogar online."

„Ich möchte aber auch etwas Bargeld einzahlen."

„Wieviel ist ´etwas´?"

„Zwei Millionen Euro."

Mira war verblüfft. „Deswegen hast Du die ganze Zeit diese Aktentasche so genau im Auge behalten."

Sie dachte nach. „Ich kann unmöglich mit einer Aktentasche in die Bank spazieren, viel zu auffällig. Wir müssen umpacken."

Sie holte ihre große Umhängetasche, packte die Zeichnungen und ein kleines Päckchen aus, ließ nur ihr Schminktäschchen und ihren Pass darin.

Ivo zögerte erst, aber dann sah er ein, dass es nicht anders ging.

Der Nachmittag war für Ivo angefüllt mit Gesprächen mit unterschiedlichen Teilnehmern. Auch am Abend gab es noch Programm für das Präsidentenpaar. Es blieb gerade Zeit für eine kurze Erfrischung im Hotel.

„Mira, beeil Dich, wir müssen zu diesem Festbankett."

„Ich bin gleich fertig." Dabei stand sie noch in Unterwäsche vor dem Kleiderschrank.

„Übrigens, hat bei der Bank alles geklappt?"
„Na klar, der Beleg liegt auf dem kleinen Tisch. Du musst nur noch unterschreiben. Wir sollen den Wisch dann mit der Post hinschicken."
Er setzte sich an den Tisch und griff nach dem Bankbeleg. Sie hatte das Geld eingezahlt und ein Konto eröffnet. Aber das Konto war auf Eheleute ausgestellt.

Mira kam vom Kleiderschrank, ihr Kleid schon angezogen. „Mach mir mal den Reißverschluss zu."
Sie sah seinen fragenden Blick und seine Geste in Richtung Beleg.
„Der Bankberater hat gesagt, dass ginge nicht anders, weil ich das Geld einzahle."
Ivo schwieg nachdenklich.

Der Polizeidirektor hatte seine Inspektionsleiter im Besprechungsraum versammelt.
„Also, ich wiederhole nochmals den Plan. Die kleine Chartermaschine von Präsident

Vulkanovic landet gegen zehn Uhr auf dem Flughafen der Landeshauptstadt. Abholung durch Fahrzeuge der Landesregierung, Termin in der Staatskanzlei. Muss uns nicht interessieren. Von dort geht es mit zwei Fahrzeugen, eins für den Präsidenten und Gattin, im anderen die drei eigenen Personenschützer des Präsidenten, über die Autobahn zu uns. Unser Job beginnt ab Ausfahrt Autobahn. Zweihundert Meter vor der Ausfahrt stehen zwei Kräder. Blaulicht erst einschalten, wenn die Fahrzeuge in Sichtnähe kommen, Information über Funk. Unterhalb der Ausfahrt an der Hauptstraße steht ein Streifenwagen. In Kolonne geht es zum Rathaus. Reihenfolge der Fahrzeuge wie folgt: Vorne die zwei Kräder mit Blaulicht, dann der Wagen mit dem Präsidenten, dann der Wagen mit seinen Personenschützern, dann der Streifenwagen. Direkte Vorfahrt vor dem Rathaus, Plätze sind freigehalten.

Auf dem Platz vor dem Rathaus habe ich einige Beamte in Zivil vorgesehen, drei Uniformierte lassen sich auf dem Markt blicken. Zehn Mann in Uniform sind im Rathaus als Reserve für alle Fälle. Sie kümmern sich um den Raum für diese Leute." Der angesprochene Inspektionsleiter nickte kurz.

„Ist das nicht ein bisschen viel Aufwand?" warf einer der Mitarbeiter ein.

„Die Frage habe ich überhört. Also weiter. Der Termin im Rathaus wird eine gute Stunde dauern. Vorgesehen ist Abmarsch ab Rathaus um 13.3o Uhr. Kurzer Weg zum Hotel ´Krone am Markt´, dort festliches Mittag-essen. Die Fahrzeuge werden während des Essens vom Rathaus zum Hotel Krone verlagert. Nach dem Essen, circa fünfzehn Uhr, Abfahrt zur Betriebsbesichtigung. Der Bürgermeister sitzt mit im Fahrzeug des Präsidenten. Kolonnenbildung wie vorher. Die Gattin des Präsidenten macht mit der Frau Direktor ein eigenes Damenprogramm, ich denke Einkaufsbummel in der nahen Großstadt, soll uns nicht kümmern, ist nicht unsere Baustelle, sie nutzen einen Wagen der Firma mit Fahrer. Gegen 18.3o Uhr kleines

Abendessen in der Krone, wieder mit den Damen. Um acht Uhr Rückfahrt zum Flughafen. Wir begleiten bis dort. Gibt es Fragen?"

„Ja, wie wird das Wetter sein?"

Der Polizeidirektor schaute kurz in seine Unterlagen. „Laut Vorhersage ein paar Wolken, aber kein Regen, sommerliche Temperaturen."

„Warum hat dieser Präsident denn seine eigene Sicherheit mitgebracht? Ist ungewöhnlich."

„Stimmt. Ist mir auch aufgefallen. Nach Auskunft der Botschaft hat Präsident Vulkanovic Angst vor möglichen Anschlägen oppositioneller Gruppen seines Heimatlandes. Seine Personenschützer würden solche Gefährder erkennen."

„Was ist mit Absperrungen?"

„Der kurze Weg vom Rathaus zum Hotel wird mit mobilen Absperrgittern gesichert. Dafür ist die Stadt zuständig. Weitere Fragen?"

Es gab keine weiteren Fragen.

„Ich hoffe wir blamieren uns nicht." Das Schlusswort des ´Alten´.

Mareike fragte sich, warum sie an dieser Versammlung hatte teilnehmen müssen. Das war kein Termin für ihre Inspektion ´Mord und schwere Verbrechen´.

Der Tag des Staatsbesuchs war da. Die Fahnen vor dem Rathaus bewegten sich in einer leichten Brise, die Wetterprognose war zutreffend. Alles lief nach Plan.
Der Bürgermeister empfing seine Gäste auf der Rathaustreppe. Schon auf dem Weg nach oben erzählte er voll Stolz von den Vorzügen seiner Stadt.
Präsident Vulkanovic musste sich in das Goldene Buch eintragen, der Vertrag über die Städtepartnerschaft wurde ebenfalls von ihm unterzeichnet.
„Herr Bürgermeister, Sie müssen dann aber auch mein Heimatland besuchen."
„Mache ich gerne, mit einer kleinen Delegation." Die Aussicht auf eine Dienstreise

milderte die Anspannung des Bürger-meisters.

Nach dem offiziellen Teil ging die Gruppe die paar Schritte über den Marktplatz zum Hotel ´Krone´. Die Laune des Bürgermeisters verschlechterte sich wieder. Für seinen Geschmack waren zu wenig Bürger zur Begrüßung der Gäste auf dem Marktplatz.
Das Essen in der ´Krone´ war ausgesprochen gut. In gelöster Stimmung verließ man das Hotel. Die Herren machten sich auf den Weg zur Betriebsbesichtigung, in geordneter Fahrzeug-kolonne.

Die Fahrzeuge verließen die Zufahrt, der schwere Mercedes des Direktors fuhr vor. Der Fahrer öffnete die hinteren Türen. Mira warf ihre Umhängetasche auf die Rückbank und wollte einsteigen. In diesem Moment fiel ein Schuss. Mira stürzte zu Boden. Unter ihrem Körper bildete sich langsam eine Blutlache und färbte das Kopfsteinpflaster rot.

Für einen Augenblick waren alle wie erstarrt. Die Frau des Direktors stand in der offenen Fahrzeugtür und schrie laut und unverständlich. Nach einer Schrecksekunde reagierten die Polizisten auf dem Platz. Zwei eilten zu Mira und beugten sich über sie. Ein anderer hatte die Rettungswache informiert. In weniger als zwei Minuten waren Notarzt und Sanitäter da. Der Arzt drängte die zwei Polizisten zur Seite. Die sahen ihn an und schüttelten stumm den Kopf. Es dauerte nicht lange, dann erwiderte der Arzt ihre Blicke. „Ex" war alles was er sagte.

Die Frau des Direktors schrie immer noch. Zwei Sanitäter führten sie behutsam zum Kranken-wagen.

Einer der Polizisten griff zu seinem Funkgerät. „Ich verständige die Lakner. Das ist jetzt ein Tatort. Wir müssen absperren."

Mareike kam nach wenigen Augenblicken angerannt. „Die Spurensicherung soll kommen. Das Auto muss so stehen bleiben.

Hat jemand schon den Präsidenten informiert?"

In der Hektik war das vergessen worden.

„Mach ich selbst. Und haltet mir die Pressemeute vom Hals. Großzügig absperren."

Sie rief im Büro der Firma an. „Hier spricht die Polizei. Ich muss sofort Präsident Vulkanovic sprechen, es ist dringend."

„Das geht nicht."

„Hören Sie mal, ich sagte sofort und dringend."

„Aber es geht trotzdem nicht, die Herren sind auf dem Firmengelände unterwegs."

Mareikes Stimme wurde etwas lauter. „Dann bewegen Sie sich und rennen dahin, aber schnell. Ich warte."

„Ich hole den Präsidenten ans Telefon. Ihre Nummer habe ich auf dem Display. Ist es denn so wichtig?"

„Ja, verdammt."

Es dauerte trotz des Gesprächs von Mareike mit dem Präsidenten über zwanzig Minuten bis die Fahrzeugkolonne auf dem Marktplatz eintraf. Ivo kletterte fast unbeholfen aus dem Auto. Mit unsicheren Schritten ging er zu Miras Körper, beugte sich über sie. „Mirana", er strich ihr vorsichtig mit der Hand über das Gesicht.

Der Polizeidirektor wartete am Auto auf ihn. Verlegen drückte er sein Beileid aus. Ivo hielt den Blick gesenkt. „Keine Presse. Ich will weg, sofort zum Flughafen. Was wird mit meiner Frau?"
„Es tut mir leid Herr Präsident, ihnen sagen zu müssen, dass wir den Leichnam ihrer Frau erst hier festhalten müssen, für die Rechtsmedizin."
„Ja, ja, ich verstehe. Aber zum Flughafen. Ich muss weg von diesem schrecklichen Ort."
Die Kolonne setzte sich in Bewegung.

Der Koffer

Es herrschte eine gedrückte Stimmung in der VIP-Lounge des Flughafens. Die vier Männer saßen schweigend in ihren Sesseln und starrten in ihre Kaffeetassen. Als Fünfter hatte sich Botschafter Grorankij ihnen zugesellt. Er rutschte unruhig auf seinem Stuhl hin und her. Einer der Personenschützer richtete das Wort an Ivo.

„Herr Präsident, wäre es nicht besser für Sie, wenn wir den Leichnam Ihrer Frau auch mitnehmen würden?"

Ivo schaute auf, schüttelte den Kopf.

„Das geht leider nicht. Die deutsche Polizei hält ihn erst mal fest. Und ich möchte sie auch später in die Heimat überführen lassen. Sie soll als ´Heldin der Revolution´ ein feierliches Staats-begräbnis erhalten."

Alle nickten zustimmend. Nur einer der Begleiter, Sladko, senkte den Kopf und grinste verstohlen.

Der Botschafter stand auf. Langsam ging er zu Ivo.

„Herr Präsident, ich muss Sie vor dem Abflug kurz sprechen, alleine. Am besten sofort."

Ivo blickte ihn fragend an, stand aber auf. Sie gingen in eine Ecke des geräumigen Zimmers, hinter einen Paravent. Der Botschafter nahm ein sorgfältig verpacktes Kistchen aus seiner großen Aktentasche. „Mir wurde aufgetragen dieses Präsent nur Ihnen persönlich zu übergeben. Ist von einer bekannten Firma, scheint sehr wertvoll zu sein."

Das Firmenlogo war deutlich sichtbar. Ohne ein Wort nahm Ivo die kleine Kiste an sich und ging zurück zum Sessel.

„Sladko, das muss noch in einen Koffer. Ich will es nicht bei unserer Ankunft in der Heimat in der Hand halten."

Mürrisch erhob sich Sladko. Er nahm sich den Delegationskoffer und die kleine Kiste und ging damit in Richtung Herrentoilette. In einer Kabine schloss er sich ein, legte den

Koffer auf den Toilettentopf und öffnete ihn. ´So viel Plunder´ dachte er, die schweren Bildbände erschienen ihm am überflüssigsten zu sein. Er nahm drei heraus, prüfte sie sorgfältig auf eine mögliche Widmung. Bei einem Band musste er das zweite Blatt herausreißen. Er riss es in kleine Schnipsel und spülte diese in der Toilette ab. ´Wenn ich schon mal hier bin, kann ich auch ein Geschäft erledigen´. Gedacht, gemacht. Danach warf er die drei Bildbände in den Behälter für die Papierhandtücher, deckte sie mit weiteren Papiertüchern zu. Die Putzfrauen würden sich wundern, aber das war ihm egal.

„Erledigt, Präsident."

Ivo schaute auf. ´Präsident´, nicht ´Herr Präsident´, er würde Sladko im Auge behalten müssen. Auch das Grinsen vorhin hatte er bemerkt.

Die freundliche Dame am Servicetisch kam auf Sladko zu.

„Das Gepäck wurde bereits abgeholt. Aber ich kümmere mich um ihren Koffer." Sie griff immer noch freundlich lächelnd zum Telefon. „Es kommt sofort jemand."

Ahmed kam. Sie wechselte ein paar Worte mit ihm, dann ging der Mitarbeiter mit dem Koffer hinaus.

Ahmed war noch neu hier. Und außerdem hatte er nicht alles verstanden, was die Dame gesagt hatte. Egal, erstmal auf die untere Ebene zu den Kollegen und den Kofferbändern. So jetzt die Banderole einscannen. Aber der Koffer hatte keine Banderole. Mist, er musste Oleg, den Vorarbeiter, anfunken. „Oleg, ich hab´ hier ein Problem. Ein Koffer ohne Banderole."

„Bleib wo du bist, ich komme sofort."

Oleg kam auch sofort. Ein herrenloser Koffer ohne Tag und das jetzt mitten im stärksten Trubel, dass konnte er nicht gebrauchen.

„Ahmed, hau ab mit dem Ding. Bring es schleunigst zum Tor 5. Ich verständige die Bundespolizei." Ahmed ging los. In Sichtweite von Oleg sehr zügig, dann doch wieder gemächlicher. ´Wo ist dieses verdammte Tor 5´. Nummern konnte er von innen nicht erkennen. Er beschloss zum letzten Tor zu gehen, schien ihm am sichersten zu sein. Die Bundespolizei würde den Koffer schon finden. Mit ruhigen Schritten ging er zurück. ´Besser als im Bauch einer Maschine Koffer zu stapeln´. Er hatte keine Eile.

Botschafter Grorankij hatte sich einen Platz auf der Besucherterrasse gesucht.
Aus seiner Aktentasche kramte er ein kleines Fernglas hervor. Er benötigte einige Sekunden, bis er die kleine Chartermaschine auf ihrem Außenstandplatz entdeckte. Der Van des Flughafens war schon vor-gefahren, die vier Männer stiegen gerade in die Maschine. Es dauerte dann noch mehr als zwanzig Minuten, bis der Learjet zur Startbahn rollen konnte. Nach weiteren fünf Minuten stieg das Flugzeug in die Luft, verschwand in den Wolken.

Botschafter Grorankij war zufrieden.

Überraschung

Mareike hatte ihre kleine Truppe im Besprechungs-raum versammelt.

„Gibt es schon Ergebnisse von den Medizinmännern?"

„Nein, hier ist noch nichts gelandet."

„Erkenntnisse von der Spurensuche?"

„Auch negativ."

„Gut. Vielleicht wissen wir morgen mehr. Wir müssen uns um Aussagen von Zeugen kümmern, ich verteile jetzt Aufgaben. Paul Schulte, Sie nehmen sich die Beamten vor, die auf dem Marktplatz im Einsatz waren. Michael, Du sprichst mit dem Fahrer des Firmen-Mercedes. Ich selbst werden mit der Frau des Direktors sprechen, wenn es schon geht."

„Was soll ich machen?"

„Schuba, Sie überprüfen, ob es nicht irgendwelche Videoaufnahmen gibt. Ich bin fast sicher, dass das Hotel die Vorfahrt überwachen lässt. Noch Fragen?"

Es gab keine Fragen, jeder wusste was zu tun ist.

„Wir treffen uns morgen um neun Uhr hier im Besprechungsraum. An die Arbeit."

Schon kurz vor neun Uhr waren die drei Männer im Besprechungsraum, nur die Chefin fehlte noch.

„Entschuldigung, ich wurde noch aufgehalten. Auf unserem Parkplatz war großer Auflauf. Scheint irgendwas im Gange zu sein."

Sie sollte Recht bekommen, aber anders als sie vermutet hatte.

Die Tür ging auf. Ein Mann kam herein, ohne anzuklopfen.

„Fred, was machst Du denn hier?"

„Tach zusammen." Er schaute mit wichtiger Miene in die Runde. „Tut mir leid, aber ihr seid aus dem Spiel. Der Generalbundesanwalt hat den Fall an sich gezogen und das BKA mit den Ermittlungen beauftragt."

„Bist Du jetzt beim BKA, Fred?"

„Nein, immer noch beim LKA. Aber die Kollegen vom BKA haben mich wegen meiner besonderen Ortskenntnisse um Mithilfe gebeten. Ich habe selbst-verständlich sofort zugesagt. Übrigens, in meiner neuen Behörde nennen mich alle wieder Alfred."

„Oho, der Herr ist empfindlich." Mareike wunderte sich immer mehr.

Alfred dreht sich einfach um und stolzierte zur Tür hinaus.

Ein Moment herrschte Stille. Paul kicherte, Michael hatte vor Verwunderung seinen Mund weit aufgesperrt, ohne etwas zu sagen. Schuba fragte „Wer war das denn?"

Auch Mareike brauchte etwas Zeit, um ihre Fassung wieder zu erlangen.

„Das war Fred, ach nein, Alfred, hat früher in unserer Abteilung gearbeitet. Er wurde wegen seiner besonderen Verdienste in der Bekämpfung der europäischen Drogen-kriminalität zum LKA befördert."

„Das ich nicht lache." Michael hatte seine Sprache wieder.

„Ich werde keine alten Kamellen aufwärmen." Mareike konnte sich denken, dass am Nachmittag die drei Mitarbeiter sich die alten Geschichten doch erzählen würden.

„Wie gehen wir mit der Situation um?" Pauls Frage.

„Wir kooperieren soweit wie sie mit uns kooperieren. Was wir bis jetzt haben, behalten wir erst mal für uns. Vielleicht haben diese Spezialisten ganz neue Erkenntnisse. Wir werden ja sehen."

„Terrorfahndung in unserem Kaff. So ein Blödsinn." Wieder war es Paul.

Bis zum Nachmittag hatte Schuba es ausgehalten, dann siegte seine Neugier. „Was war jetzt mit diesem Alfred?"

Paul und Michael schauten sich an. „Ist ´ne lange Geschichte, Du kriegst nur ´ne Kurzfassung. Also: Michael und ich waren hinter italienischen Drogen-schmugglern her. Mit Observation in Böblingen und auch in Italien. Viel Arbeit, aber am Ende erfolgreich."

„Alfred hätte es beinah vermasselt", warf Michael ein.

„Wieso ist er dann zum LKA befördert worden?"

„Schuba, das musst Du verstehen. Er war damals kommissarischer Leiter unserer Abteilung. Und er hat den Bericht nach oben verfasst. Wir waren nicht traurig als er ging."

Schuba war sicher, dass es da noch mehr zu erzählen gab. Im Moment waren die beiden Kollegen maulfaul. Er würde bei passender Gelegenheit sie nochmal auf diesen Alfred und die Drogengeschichte ansprechen.

Sie saßen wieder im Besprechungsraum. Vier Tage waren die Beamten des BKA nun schon an der Arbeit, kooperiert hatten sie nicht.

„Halten uns wohl für Provinzdeppen." Paul war sauer.

Diesmal wurde angeklopft, aber ein ´Herein´ nicht abgewartet. Wieder war es Alfred.

„Der Herr hat Neuigkeiten?"

„Ja Mareike, äh, Frau Lakner, unser Einsatz hier ist beendet."

„Und? Habt ihr eine Spur?"

„Ich darf über unsere Ermittlungsergebnisse nichts sagen."

„Na, unter Kollegen."

„Die Fahndung nach Terroristen hat immerhin zwei ´Reichsbürger´ zu Tage gebracht. Aber die kommen als Täter nicht in Frage. Ihre Alibis sind wasserdicht."

„Das ist alles?"

„Ich sagte doch, mehr kann ich nicht sagen, auch nicht unter Kollegen."

„Na, dann wünsche ich gute Heimreise." Jetzt war Mareike sauer.

„Noch was. Jetzt ist es wieder euer Fall."

Verlegen verließ Alfred den Raum.

„Also wieder unser Fall. So einen peinlichen Auftritt habe ich lange nicht erlebt.

Meine Herren, wir haben zu tun, die Aufgaben sind verteilt. Ich erwarte Ergebnisse."

Sie selbst würde mit der Frau des Direktors sprechen, die war nach kurzem Krankenhausaufenthalt wieder zu hause.

Dr. Schmitt

Am Montagmorgen der neuen Woche wurde Mareike zum ´Alten´ gebeten. Er war nicht alleine in seinem Zimmer.

„Frau Lakner, darf ich Ihnen Dr. Schmitt vom Bundesnachrichtendienst vorstellen. Ich habe mich selbstverständlich bei der zuständigen Behörde wegen seiner Identität informiert. Es ist alles in Ordnung."
Kurzes Händeschütteln. Mareike setze sich neben Dr. Schmitt an den kleinen Tisch. Sie taxierte ihn vorsichtig: Gepflegte Erscheinung, Mitte 50 schätzte sie, Typ ´Handelsvertreter´.
Dr. Schmitt schwieg. Mareike blieb ebenfalls stumm, bis ihr etwas dämmerte.
„Wir gehen besser nach nebenan in den kleinen Besprechungsraum."
Sie stand auf, Dr. Schmitt folgte ihr.

„Frau Lakner, das war ein kleiner Test. Sie haben ihn mit Bravour bestanden. Ich glaube, mit Ihnen kann man gut zusammenarbeiten. Was wir zu besprechen haben ist nicht für die Ohren Dritter geeignet."

„Ich bin gespannt."

„Zunächst ein Wort der Erklärung. Das Außenministerium hat darum gebeten, dass sich die Bundesbehörden von dem Mordfall Vulkanovic zurückziehen. Man befürchtet dort diplomatische Schwierigkeiten, der Balkan ist immer noch politisch fragil."

„Aber der BND…"

„Das erkläre ich Ihnen später. Ihre Abteilung ist jetzt im Rahmen normaler polizeilicher Ermittlungsarbeit hier vor Ort tätig, so wie bei jedem beliebigen anderem Fall."

„Und diese Fahndung nach Terroristen in unserer Stadt?"

„´Just for show´, hatte mit den Ermittlungen nichts zu tun."

Pause.

„Frau Lakner, welche Erkenntnisse haben Sie bis jetzt?"

„Einige, aber zu wenig fürs Weiterkommen. Zunächst mal der Bericht des Pathologen. Der

Schuss war eigentlich nicht tödlich, Durchschuss im Brustbereich. Aber durch eine Schockwelle ist es zu einem tödlichen Herzstillstand gekommen. Mein Mitarbeiter Paul Schulte, ein ehemaliger Scharfschütze bei der Bundeswehr, geht davon aus, dass Hochbrisanz-munition verwendet wurde. Kann nur ein Profi."

„Das deckt sich mit den Erkenntnissen des BKA. Deren Beamte haben sogar das Geschoss gefunden, aber leider total deformiert. Daran war nichts mehr zu erkennen. Eine Waffe oder auch nur eine Patronenhülse wurde nicht gefunden. Augenzeugen, die den Schützen gesehen haben, gibt es auch nicht. Alle Augen waren nur auf den Hoteleingang gerichtet. Das mit dem Profi muss stimmen. Sonst noch was?"

„Ja. In dem Firmen-Mercedes saß nicht nur der Fahrer, sondern auch ein Ingenieur aus der Firma."

„Auch das hatte das BKA ermittelt, sie haben ihn sogar vernommen. Angeblich war er wegen seiner Fremdsprachenkenntnisse gebeten worden, die Damen zu begleiten. Kann sein oder auch nicht."

„Wenig glaubhaft. Frau Vulkanovic hatte gute Deutschkenntnisse."

Wieder Pause.

Mareike berichtete weiter. „Als nächstes rätseln wir über die große Umhängetasche, die die Verstorbene auf den Rücksitz gelegt hatte. Wir haben sie uns besorgt. Diese große Tasche war so gut wie leer, nur ein Schminktäschchen und eine kleine Geldbörse."

„Vielleicht benötigt man eine große Tasche für einen Einkaufsbummel."

„Nein, glaube ich nicht."

„Sonst noch Erkenntnisse?"

„Nichts was uns weiterbringt."

„Sie sind also genausoweit wie das BKA, kein Täter, kein Motiv."

Dr. Schmitt machte eine längere Pause und schaute Mareike noch einmal prüfend an.

„Frau Lakner, die Sache ist aber noch komplizierter. Ich muss mich auf ihre

Verschwiegenheit absolut verlassen können, auch gegenüber Mitarbeitern und Kollegen."

„Sie können sich auf mich verlassen."

„Es gibt einen besonderen Grund, warum meine Behörde mit dem Fall befasst ist. Die Firma IMPEX, und damit auch die verstorbene Frau Vulkanovic, ist in den illegalen Waffenhandel verstrickt. Die Metallfirma in dieser Stadt liefert dazu als Maschineteile getarnte Komponenten. Die sind aber ohne die dazu gehörende Elektronik wertlos. Im Nahen Osten tauchen dann diese Teile wieder in kompletten Waffen auf."

„Woher wissen Sie das?"

„Wir haben unsere Quellen. Aber das soll Sie nicht interessieren. Wir wissen aber nicht wie die Elektronik zu IMPEX kommt."

„Sie vermuten einen Zusammenhang mit dem Mord?"

„Wir vermuten gar nichts, wir prüfen."

„Illegaler Waffenhandel? Könnte ein Motiv sein. Wo kamen diese Elektronikteile denn her?"

„Sie wurden aus den USA geliefert, an ein Lagerhaus mit Standort in Belgien. Das Lagerhaus hatte schlauerweise seinen Standort auf einem ehemaligen Militärgelände. Bei dieser Anschrift hatten die Amis keinen Zweifel an der Seriosität, sie hatten noch nicht mitbekommen, dass es ein aufgegebener Standort war. Sie lieferten relativ große Stückzahlen. Die Lieferungen wurden auch immer ordentlich quittiert. Auch die Bestimmungen über das Verbot der Weitergabe an Länder außerhalb der NATO wurden unterzeichnet. Als dann diese Teile im Nahen Osten auftauchten, wurden die Amerikaner misstrauisch. Sie veranlassten eine Razzia in Belgien. War aber ein Schuss in den Ofen. Das Nest war leer, die Vögel schon ausgeflogen. Dieses ganze Lagerhaus war nur Fake, ein frisch gestrichenes Bürogebäude und ein paar leere Hallen. Der Lieferfahrer hatte auch immer nur eine Empfangsdame und einen Geschäftsführer gesehen. Mit seinen Personenbeschreibungen konnte man nichts anfangen. Eine Überprüfung der

Unterschriften erwies sich als nutzlos. Die gelieferten Waren blieben verschwunden, bis man einige in Waffen entdeckte, die von der Firma IMPEX geliefert wurden."

Wieder gab es eine Pause, diesmal noch länger. Offensichtlich überlegte Dr. Schmitt mögliche weitere Schritte.
„Wir haben keinen richtigen Ansatzpunkt. Was wollte die Frau Vulkanovic hier? Und warum wurde sie ermordet? Gibt es Rivalität im Waffengeschäft? Nur offene Fragen, aber keine Antworten."

Er überlegte erneut.
„Vielleicht kann uns der ehemalige Botschafter Grorankij weiterhelfen. Ach, Sie sind ja noch nicht im Bilde. Also, nach der Ermordung von Frau Vulkanovic gab es eine Säuberungswelle in ihrem Heimatland. Viele Oppositionelle oder solche Personen, die dem Präsidenten unbequem waren, wurden verhaftet. Der Botschafter stand der Opposition nahe. Er hat kurz nach den

Ereignissen hier seinen Posten verlassen und ist untergetaucht, angeblich hat er um politisches Asyl gebeten.

Vielleicht war es ja die Tat eines Anhängers der Opposition, so wurde es jedenfalls vom Präsidenten dargestellt."

„Warum dann die Frau und nicht den Mann?"

„Berechtigte Frage. Vielleicht gelingt es mir ja diesen Ex-Botschafter ausfindig zu machen. Ich werde Sie dann telefonisch informieren. Überhaupt, wir halten nur über das Telefon Kontakt, nichts Schriftliches. Ich gebe ihnen meine Nummer. Verlangen Sie immer ´Dr. Schmitt, Schmitt mit zwei T´, das ist sozusagen das Code-Wort. Sie werden dann sofort zu mir verbunden.

Frau Lakner, ihre Durchwahl habe ich, ich hätte aber auch gerne ihre Handynummer."

Mareike gab sie ihm.

Besuch beim Ex

Am Freitag rief Dr. Schmitt an.

„Hier ist Dr. Schmitt, Schmitt mit zwei T. Ich komme auf unser Gespräch vom Montag zurück. Wir sind fündig geworden. Der ehemalige Botschafter Grorankij lebt zurzeit in einer Unterkunft des Roten Kreuz für Asylbewerber und Flüchtlinge in Königs Wusterhausen."

„Woher wissen Sie das?"

„Frau Lakner, ich sagte doch, wir haben unsere Quellen."

„Wo ist denn dieses Königs Wusterhausen?"

„Etwas südlich von Berlin."

Mehr konnte sie Dr. Schmitt nicht entlocken.

„Anfang nächster Woche werde ich nach Königs Wusterhausen fahren", verkündete Mareike ihrem Team.

„Nein, wir. Chefin, Sie wissen doch, bei langen Fahrten bin ich ihr Chauffeur."

„Na gut Kollege Schulte. Aber dann wechseln wir uns ab."

Paul Schulte fuhr mehr als achtzig Prozent der Strecke.

Mareike mochte diese langen Fahrten mit Paul Schulte. Er unterhielt sie mit Geschichten aus seiner wechselvollen Dienstzeit bei der Bundeswehr und auch mit anderen Stories aus seinem Leben. Nur über Frauengeschichten sprach er nie.

Von den Kollegen der örtlichen Polizei ließen sie sich den Weg zur Unterkunft des DRK beschreiben. Die Einrichtung, eine ehemalige Kaserne, war von einem Zaun umgeben. Am Tor zeigten sie dem Mitarbeiter des Sicherheits-dienstes ihre Dienstausweise und fragten nach Herrn Grorankij.

„Hat der was ausgefressen?"

Mareike antwortete schnell. „Nein, wir wollen uns mit ihm nur als möglichen Zeugen im Rahmen von Ermittlungen unterhalten."

Sie wurden zum Zimmer begleitet. Der Ex-Botschafter lag auf dem Bett und las in einem Buch. Sie stellten sich vor und zeigten auch ihm ihre Dienstausweise. Sie warteten bis der Begleiter verschwunden war.

„Herr Grorankij, oder sagt man besser immer noch Herr Botschafter?"

„Nein, Name ist o.k."

„Zur Erläuterung. Unsere Behörde ermittelt im Fall der Ermordung von Frau Vulkanovic." Der Botschafter richtete sich im Bett auf.

„Wir haben erst wenige Spuren. Vielleicht können Sie uns ja etwas über mögliche Hintergründe berichten. Noch tappen wir da im Dunkeln."

Der Botschafter sah sie lange nachdenklich an. Dann erhob er sich.

„Ja, ich werde ihnen helfen, aber nicht hier. Hier haben die Wände Ohren."

Sie gingen zum Tor, das sie ohne Kontrolle passierten.

„Wir sind hier nicht eingesperrt. Der Zaun dient unserem Schutz vor Angriffen von außen. Ich mache häufig Spaziergänge, am liebsten zu dem kleinen See in der Nähe. Da können wir ungestört sprechen."

Es war wirklich ein schöner Platz, eine Bank fast direkt am Seeufer, mit herrlichem Blick über das Gewässer.

„Mensch ist das schön hier." Paul war begeistert. „Bei uns würde es hier von Spaziergängern wimmeln."

„Hier nicht. In der Umgebung gibt es viele solcher kleinen und großen Seen. Und die nächste Wohn-siedlung ist weit entfernt."

Sie setzten sich, Paul links, Mareike rechts.

Einen Moment genossen sie alle Drei den Ausblick über das friedliche Gewässer und die Sonne, die sich im Wasser spiegelte.

Dann begann der Ex-Botschafter zu reden.

„Sie wollen bestimmt wissen, wie meine Meinung über Präsident Vulkanovic ist." Stockend.

„Nun, ich habe da eine klare Auffassung. Er hat die Ziele der Revolution verraten. Ein Parasit. Ihn interessiert nur seine eigene Karriere, ist voll auf der Seite des Bürgertums. Korrupt ist er auch, eine Krankheit in unserem Land. Es gibt kaum noch einen

Unterschied zum alten Regime. Nach diesem Mordfall ist er rigoros gegen seine alten Freunde vorgegangen."

„Gehören Sie auch zur Opposition?"
„Gehörte. Ich bin mit meiner Abdankung nur meiner Absetzung und Rückführung in die Heimat zuvorgekommen. Aber meine alten Freunde halten mich für einen Versager. Zu Unrecht." Er stockte wieder und machte eine lange Pause. Der ehemalige Botschafter schien in Gedanken versunken.
Paul und Mareike warteten, dass er den Faden wieder aufnehmen würde.
„Und seine Frau?" Paul durchbrach das Schweigen.
„Die alte Schlampe. Hat sich wahrscheinlich nach oben geschlafen. Es stimmt, im Kampf hatte sie uns sehr geholfen, aber danach ist sie zu einer geldgierigen Kapitalistin geworden. IMPEX ist ihr Goldesel. Sie hat ja auch fast ein Monopol auf Transporte, auf alle Regierungsaufträge sowieso."
Mareike: „Und die Ehe?"

„Nach außen harmonisch. In Wirklichkeit soll es ziemlich geknirscht haben. Sie hatte die Fäden in der Hand, er wurde von vielen als ihre Marionette gesehen. Die Leute spotteten ´Ivo, der Prinz-gemahl´.
Es gab auch Gerüchte, dass sie eine offene Ehe hätten."

„Können Sie auch etwas zum Waffenschmuggel durch IMPEX sagen?"
Grorankij sah Mareike erstaunt an.
„Nun, dass IMPEX mit Waffen handelt ist kein Geheimnis. Und es ist auch kein Geheimnis, dass wichtige Teile aus Deutschland zugeliefert werden. Die Endfertigung erfolgt in einer ehemaligen Werkstatt der alten Armee. Die meisten Kunden kommen aus dem Nahen Osten."
„Aber bestimmte Waffen unterliegen doch einem Embargo."
Er lachte. „Unser Zoll wird doch der Frau des Präsidenten keine Schwierigkeiten machen."
„Aber wie kommt IMPEX an die

erforderlichen Elektronikteile für moderne Waffen?"

„Ja, das ist ein großes Rätsel, auch für mich. Aber es scheint zu gehen."

Es entstand eine längere Pause.

Eigentlich waren Mareike und Paul mit ihren Fragen am Ende. Nur noch ein kleiner Nachschlag.

„Können Sie uns etwas über die Begleiter des Präsidenten bei seinem Staatsbesuch sagen? Sie haben die doch am Flughafen gesehen."

„Wenig, ich kenne eigentlich nur Sladko, einen alten Kampfgefährten. Er hat nach dem Tod von Frau Vulkanovic die Geschäftsführung von IMPEX übernommen. Die beiden anderen waren jünger, die kannte ich nicht."

Mehr konnten sie nicht in Erfahrung bringen. Mareike und Paul verabschiedeten sich mit Dank für die Hilfe.

Vorsichtshalber übergab Mareike ihre Visitenkarte. „Falls Ihnen doch noch etwas einfällt."

Neue Erkenntnisse

Mareike hatte zu Dienstbeginn ihre kleine Mannschaft versammelt.

„Vielleicht kommen wir ja weiter."

Sie berichtete von ihrem Besuch bei der Frau des Direktors.

„Den Termin hätte ich mir sparen können. Sie ist immer noch hysterisch. Jammerte nur die ganze Zeit: ´Vielleicht sollte ich ja getroffen werden, ich hab´ solche Angst´."

Es war Paul der reagierte. „So ein Blödsinn. Auch auf hundert Meter kann ein Schütze eine blonde Frau von einer Schwarzhaarigen unterscheiden. Außerdem stand sie hinter dem Auto."

„Ja, deren Aussage wird uns nicht weiterhelfen. Sie ist nur auf ihre Ängste fixiert."

„Michael, versuche mal im Internet mehr über diese Firma IMPEX herauszubekommen. Und auch über die Opposition in dem Land. Ich selbst werde nochmal die Firma hier im

Ort besuchen. Heute Nachmittag sehen wir weiter."

Sie fuhr noch einmal zur Metallfirma an den Stadtrand. Zuerst ging sie in das Vorzimmer des Direktors, die Sekretärin empfing sie.

„Frau…"

„Stachowiak."

„Frau Stachowiak, ich wollte mich bei Ihnen ent-schuldigen. Neulich am Telefon war ich ziemlich barsch. Es war für mich auch eine Ausnahme-situation."

„Ist schon gut. Ich kann Sie gut verstehen. Das war für uns alle ein Schock."

„Frau Stachowiak, Sie haben doch die Herren persönlich benachrichtigt. Gab es dabei auffällige Reaktionen?"

„Nein, alle fünf Herren waren verwundert. Ich wusste ja auch nicht was los war und konnte ihnen nichts erklären."

„Sie haben dann den Präsidenten gesehen als er vom Tod seiner Frau hier am Telefon erfuhr. Wie hat der reagiert?"

„Ich würde sagen: ruhig, gefasst."

„Keine Tränen oder etwas ähnliches?"

„Nein, ganz ruhig."

Irgendein Gedanke machte sich in Mareikes Unterbewusstsein breit. Sie versuchte sich zu konzentrieren. Da war es.

„Frau Stachowiak, Sie sagten fünf Herren. Ich zähle sechs."

„Nein fünf, der Herr Direktor, der Präsident mit seinen zwei jungen Leibwächtern und der Bürgermeister. Die Fahrer waren bei den Autos geblieben."

„So, ja danke." Mareike musste einen Moment nach-denken, dann speicherte sie diese Information in ihrem Gedächtnis.

„Sie wissen sicher auch, wer mit in dem Auto des Direktors saß, das die beiden Damen zum Einkaufsbummel fahren sollte."

„Natürlich, das war der Fahrer des Direktors und Dr. Marchow, der Leiter unserer Abteilung Feinmechanik."

Wieder ein Moment des Nachdenkens.

„Frau Stachowiak, Sie haben mir sehr geholfen. Ich gebe Ihnen meine Karte. Sie können mich jederzeit anrufen, wenn Ihnen etwas Besonderes auffällt. Jetzt würde ich gerne mit diesem Dr. Marchow sprechen."

„Ich begleite Sie zu seinem Büro."

Das Büro von Dr. Marchow war mehr ein großes Arbeitszimmer. Auf dem Schreibtisch lagen einige Zeichnungen, ein Modell einer kleinen Maschine beschwerte sie. Auf einem weiteren Tisch standen zwei Computer. Die ganze Rückwand war von einem flachen Bildschirm ausgefüllt. Dr. Marchow stand in einem weißen Kittel davor. Die Sekretärin stellte Mareike vor und verabschiedete sich.

Mareike schaute sich um. „Frau Lakner, wir arbeiten hier mit CAD-Technik," erklärte der Ingenieur mit Stolz.

„Ihre Fertigungsmethoden interessieren mich nicht, ich will nur ein paar Fragen stellen."

„Ich stehe zu ihrer Verfügung."

„Am Tag der Ermordung von Frau Vulkanovic saßen Sie doch in dem Mercedes des Direktors. Warum?"

„Ich habe es den anderen Beamten schon erläutert. Wegen meiner Fremdsprachenkenntnisse sollte ich die Damen begleiten."

Mareike unterbrach ihn grob. „Herr Dr. Marchow, Märchenstunde war gestern. Wir ermitteln in einem Mordfall, da kenne ich keinen Spaß. Ich will die Wahrheit."

Diese heftige Reaktion hatte er nicht erwartet. Dr. Marchow wurde es offensichtlich unbehaglich, er druckste herum, dann bequemte er sich doch zur Wahrheit.

„Frau Vulkanovic wollte mir auch eine Zeichnung übergeben. Wir arbeiten für ihre Firma IMPEX."

„Die Zeichnung war in der großen Umhängetasche", halb Frage, halb Feststellung. „Sie haben die Tasche geleert? Nach dem Mord?"

„Ja."

„Die Zeichnung war alles, was darin war?"

Wieder „Ja".

„Sie sind bereit diese Aussage auch vor Gericht zu beeiden?"

Dr. Marchow fuhr mit einem Zeigefinger an seinem Hemdkragen entlang, innen.

Ihm war ungemütlich.

„Da war noch ein kleines Päckchen für mich. Wir benötigen immer Musterteile für die Konstruktion der gewünschten Maschinenteile. Die sind übrigens in Arbeit."

„Die sogenannten ´Maschinenteile´ können Sie sich schenken. Wir haben mehr Informationen als Sie denken."

Dieser Besuch hatte sich gelohnt.

Als Mareike wieder in ihre Abteilung kam, war Michael immer noch am Computer beschäftigt.

„Herr Schulte, Schuba, es gibt Arbeit. Wir müssen uns noch mal die Videoaufnahmen vom Hotel ansehen."

Sie schauten sich gemeinsam die Aufnahmen nochmals in Ruhe an. Die beiden Männer wussten nicht, wonach sie suchen sollten.

„Halt, diese Sequenz nochmal."

„Was gibt's denn da bei der Abfahrt der Kolonne zur Firmenbesichtigung zu sehen?" Paul war ungehalten.

„Achten sie auf das Fahrzeug der Personenschützer. Können wir das näher zoomen?"

„Nicht viel, das Auto stand sehr abseits." Die Aufnahme war verschwommen, keine Insassen zu erkennen.

„Jetzt möchte ich die Ankunft der Kolonne hier auf dem Platz nach der Firmenbesichtigung und dem Mord sehen."

Schuba bediente das Gerät. Er erläuterte: „Es gab keine Kolonne. Die beiden Kräder und der Wagen des Präsidenten kamen mit ziemlichem Tempo als erste an. Es dauerte, bis die anderen auch eintrafen."

„Die will ich sehen." Mareike war aufgeregt.

„Da gibt es nichts zu sehen. Wegen des Auflaufs musste der nächste Wagen abseits parken. Die drei Personenschützer kommen hinter dem Wagen hervor."

„Drei?"

Die beiden Männer sahen Mareike erstaunt an. Was sollte diese Frage.

„Es waren immer drei."

„Eben nicht."

Mareike berichtete von ihrem Besuch bei Frau Stachowiak.

„Sie hat gesagt, die zwei jungen Leibwächter seien mit dem Präsidenten in der Firma gewesen."

Paul begriff. „Dann hat Sladko gefehlt."

„Und jetzt ist er wieder dabei," ergänzte Schuba.

„Meine Herren, versuchen wir etwas über diesen Sladko herauszufinden."

Michael erhob sich ein bisschen steif von seinem Computerplatz.

„Ich hab´ da vielleicht was."

„Lass hören." Mareike, Paul und Schuba sahen ihn erwartungsvoll an.

„Zuerst zur Opposition. Ich habe mich in deren Netzwerk eingelinkt.

Die Gruppe ist schon ziemlich lange aktiv. Anschläge oder ähnliches haben sie nicht verübt, hautsächlich Flugblätter verfasst. Dann habe ich mir ihre Chats genauer angesehen. Bis zum Datum des Todes von Frau Vulkanovic waren sie voller Euphorie. Danach kann man aus ihren Texten Verbitterung und Enttäuschung lesen. Nach der Säuberungswelle wurden die Nachrichten immer weniger und inhaltsleerer. Kein Wunder."

„Irgendein Hinweis auf den Anschlag hier bei uns?"

„Nein, nichts."

„Und bei IMPEX?"

„Der Firmencomputer ist gut geschützt, kein Zugang möglich. Zuerst wusste ich nicht, wo ich ansetzen sollte. Ich habe mir dann die LKWs der Firma vor-genommen. Per Scann habe ich vom Zoll deren Frachtbriefe erhalten. Die Brummis transportieren einen ganzen Gemischtladen. Weiße Ware, Werkzeuge, Maschinenteile aus der Fabrik bei uns."

Er machte eine kleine Kunstpause.

„Weiter, Du hast doch noch was auf der Pfanne."

„Zwischen all den Waren eine Palette mit Spiel-zeug, bei mehreren LKWs. Wer kauft Spielzeug in Deutschland, um es auf dem Balkan zu verkaufen. Kommt mir komisch vor."

Mareike wurde ganz ruhig. Ohne den anderen etwas zu sagen, ging sie in ihr Büro, verschloss sorgfältig die Tür.
Sie wusste, wen sie anrufen musste.
Wie versprochen war Dr. Schmitt, Schmitt mit zwei T, sofort am Telefon. Sie berichtete was Michael herausgefunden hatte. Und sie berichtete von ihrem Verdacht gegen den Personenschützer Sladko.
„Ja, Paletten mit Spielzeug ist ´ne komische Sache. Wir werden bei nächster Gelegenheit uns die Sache mal genauer vornehmen. Danke für die Info. Und von dem Sladko werden wir versuchen einen Klarnamen zu finden."
„Und wir versuchen eine Spur von ihm zu finden."

„Vielleicht können Sie ja bei der Botschaft einen Namen erfahren. Botschaften haben meist eine Übersicht über das Sicherheitspersonal."

Sladko

Sladko kam ohne Voranmeldung in das Büro des Präsidenten.

„Ivo, ich muss Dich um einen Gefallen bitten. Du kannst doch ein Paket als Diplomatensache an unsere Botschaft in Berlin schicken. Ich hätte da was Wichtiges, das unkontrolliert in Deutschland ankommen soll. Ist für die Firma IMPEX."

„Sind es wieder Elektronikteile?"

„Ja. Ohne Muster können die in Deutschland nicht fertigen."

„Und, wirst Du selbst nach Deutschland fliegen?"

„Ja sicher, sobald das Paket angekommen ist."

Ivo überlegte einen Moment „Meine Mitarbeiterin im Vorzimmer wird Dir so ein Ding für Diplomatenpost geben und es auch verschicken. Aber ich habe auch eine Bitte. Ich vermisse einen Koffer von unserem Staatsbesuch. Da waren Unterlagen drin. Wäre schön, wenn Du den mitbringen könntest."

Als Sladko das Zimmer verlassen hatte, saß Ivo noch lange nachdenklich hinter seinem Schreibtisch. Der Auftritt und die vertrauliche Anrede ´Ivo´ hatten ihm missfallen. Überhaupt gefiel ihm so einiges nicht.

Sladko wartete bis er sicher war, dass sein Paket in der Botschaft angekommen war. Dann flog er nach Berlin. Vorher nahm er noch einen größeren Betrag in Euros aus der Firmenkasse, er musste eine Rechnung in bar bezahlen.

In der Botschaft angekommen, hielt er sich nicht lange mit der Vorrede auf, trat ganz dicke auf.

„Ich bin ein enger Freund des Präsidenten. Ich möchte den Koffer abholen."

Die Mitarbeiterin der Botschaft schaute ihn verwundert an. „Welchen Koffer, hier ist kein Koffer abgegeben worden."

„Dann versuchen Sie mal ihn zu finden. Es ist der Koffer von unserem Staatsbesuch. Der

Präsident möchte ihn gerne bald haben, es sind wichtige Unterlagen darin. Zuletzt war dieser Koffer am Flughafen der Landeshauptstadt, die haben sicher ein Fundbüro."
„Das kann dauern."
„Ich habe Zeit, morgen Vormittag komme ich wieder."

Die Mitarbeiterin informierte den Botschafter über den Besucher.
„Ja, der Herr ist wirklich ein enger Freund unseres Präsidenten. Seien Sie ihm behilflich."

Sladko war nicht traurig über die Verzögerung. Die Nächte in Berlin sollen ja sehr unterhaltsam sein. Und er hatte Euros in der Tasche.

Am nächsten Tag, gegen Mittag, begrüßte ihn die Mitarbeiterin mit einem Lächeln.
„Ich hab´ was für Sie."
„Den Koffer?"

„Nein. Etwas viel Interessanteres. Ich habe lange mit dem Flughafen telefonieren müssen. Auf Anhieb war da kein Koffer zu finden. Dann habe ich die genauen Daten des damaligen Fluges durchgegeben. Immer noch kein Koffer. Aber der Dame am anderen Ende der Leitung ist dann eingefallen, dass es an diesem Tag einen besonderen Vorfall am Flughafen gab. Sie hat mir per Mail einen Zeitungsausschnitt geschickt. Hier."

Sladko nahm das Blatt, offensichtlich ein Titelblatt der BILD. Er las die fette Überschrift ´Vorarbeiter verhindert Katastrophe´. Mit wachsendem Interesse las er weiter. Ein in einem Koffer versteckter Sprengsatz war auf dem Außengelände des Flughafens explodiert. Der Schaden war nicht allzu groß, aber nach Ansicht von Fachleuten hätte er im Inneren eines Flugzeugs genügt, um dessen Außenhülle zu zerstören.

Er musste sofort Ivo anrufen.

Nach kurzem Gespräch waren sie sich einig, dass das ihr Koffer gewesen sein musste. Sie gingen nochmals im gemeinsamen Gespräch den Ablauf in der VIP-Lounge durch.

„Ivo, erinnerst Du dich an diese Kiste des Botschafters, die ich umpacken musste?"

„Klar. Es war dieser Grorankij, dieses oppositionelle Schwein. Hat uns ein Ei ins Nest gelegt."

„Und?"

„Ex."

Damit war alles gesagt. Sladko wusste was er tun musste.

Jetzt versuchte er es mit Freundlichkeit.

„Fräulein, Sie haben mir so gut bei der Suche nach dem Koffer geholfen. Ich benötige nochmals ihre Unterstützung.

Ich würde gerne den ehemaligen Botschafter Grorankij besuchen, aber ich kenne seinen Aufenthaltsort nicht."

„Wir haben auch keine Adresse von ihm. Wie soll ich den finden?"

„Tut mir leid, viel kann ich ihnen da nicht sagen. Er soll um politisches Asyl hier in Deutschland gebeten haben."

„Ich versuche mein Bestes."
Sladko schenkte ihr ein Lächeln. Er war sich sicher, dass sie ihr Bestes versuchen würde.

Diesmal dauerte es zwei Tage, bis sie Informationen für Sladko hatte.
„Ich habe was für Sie. Ich habe alle großen Dachorganisationen für die Unterbringung von Asylbewerbern angerufen. Alle waren erst sehr zögerlich mit Auskünften, einige haben sich auch rückversichert, dass ich wirklich von der Botschaft anrufe.
Beim Roten Kreuz bin ich fündig geworden. Ich habe denen erzählt, dass wir dem ehemaligen Botschafter wichtige Familien-unterlagen zusenden müssten. Er wohnt in der Einrichtung des DRK in Königs Wusterhausen." Triumph war in ihrer Stimme.
Sladko strahlte sie an. „Das haben Sie toll gemacht. Ich werde Sie lobend beim Präsidenten erwähnen."

Sein nächstes Ziel war eine Autovermietung. Ein großer BMW war nach seinem Geschmack.

Nach dem Telefonat mit Sladko saß Ivo noch lange in seinem Büro. Die Angelegenheit entwickelte sich sehr unbefriedigend. Was wäre, wenn Sladko geschnappt würde und möglicherweise plaudern würde? Und überhaupt, Sladko hatte nach seiner Meinung zu wenig Respekt vor ihm, wurde zu selbstherrlich. Was bildete der sich eigentlich ein? Dieser Traumtänzer ohne Studienabschluss.
Er brauchte eine Lösung.

Ivo rief seine Vorzimmerdame. „Ich habe doch in der vorigen Woche einigen Kämpfern der Revolution einen Orden verliehen. Ich brauche die Namensliste."
„Einen Moment Herr Präsident, sie ist schon in der Ablage."

Sorgsam studierte er die Liste, ging Namen für Namen durch und versuchte, sich an die Gesichter zu erinnern.

Bei einem blieb er hängen.
„Ich möchte, dass Mirco Janic mich besucht."
Seine Mitarbeiterin nickte und begann zu telefonieren.

Am nächsten Nachmittag kam Mirco Janic in sein Büro. Die Mitarbeiterin servierte Kaffee.
„Sie können dann für heute Feierabend machen, den Slibowitz finde ich selbst."
Nachdem sie alleine waren, holte er den Schnaps. Zunächst plauderte er mit Mirco über alte Zeiten, lange. Aber dann kam er zu seinem eigentlichen Anliegen.
„Mirco, ich darf dich doch Mirco nennen, ich habe ein Problem. Ein Problem, bei dessen Lösung mir nur ein Mann mit deinen Fähigkeiten helfen kann. Du hast Kampferfahrung und bist loyal, der Richtige für diese Aufgabe. Nicht jeder ist so zuverlässig wie Du. Dieser Sladko zum

Beispiel macht krumme Touren. Du kennst doch Sladko?"

„Ja sicher."

„Der hat eine steile Karriere gemacht, ist jetzt Geschäftsführer von IMPEX. Das war keine gute Personalentscheidung von mir. Er versteht mehr vom Ausgeben als vom Einnehmen. Und er bestiehlt die Firma und das Volk. Jetzt will er sogar faule Geschäfte mit einer deutschen Firma machen. Ich muss die Schmeißfliege loswerden."

Ivo wartete auf eine Reaktion. Es gab aber keine.

„Bist Du der Mann für diesen Job?"

Kein Nein, kein Ja, nur eine Frage: „Wie?"

„Sladko ist im Moment in Deutschland. Mir wäre es lieb, wenn die Sache dort erledigt werden könnte. Noch ist er in Berlin, aber in den nächsten Tagen wird er eine Firma in einer Stadt in Westdeutschland besuchen. Da kannst Du ihn nicht verfehlen."

Wieder nur ein Brummen statt einer Antwort.

„Sladko, dieser Dieb, hat eine größere Menge Bargeld bei sich. Das kannst Du behalten."

Mirco sah Ivo in die Augen. Dann sagte er nur: „Wie komme ich dahin?"

Ivo beeilte sich zu antworten. „Ein Kleintransporter von IMPEX muss eine Palette mit Waren dort abholen. Du kannst mitfahren, der Fahrer kennt die Stadt. Ich gebe Dir ein Zeichen., an welchem Tag und um welche Uhrzeit die Fahrt startet."

Sie tranken noch einige Schnäpse.

Die Bank

Mareike telefonierte mit der Botschaft. Die junge Mitarbeiterin zeigte sich verwundert, dass die deutsche Polizei sich bei ihr meldete. Mareike bemühte sich um einen freundlichen Ton.

„Sie können uns sehr helfen. Wir benötigen den vollen Namen und die Anschrift von Sladko, einem Personenschützer ihres Präsidenten. Er hatte ihren Präsidenten bei seinem Staatsbesuch hier in Deutschland begleitet. Wir sind die ermittelnden Beamten im Fall der Ermordung von Frau Vulkanovic und Herr Sladko könnte sehr zur Aufklärung der Tat und zur Verhaftung des feigen Mörders beitragen."

„Ich muss erst den Botschafter fragen. Ich melde mich dann wieder bei ihnen."

Mareike raspelte Süßholz. „Schon jetzt vielen Dank für ihre Hilfe. Es wäre schön, wenn ihr Rückruf in den nächsten Stunden erfolgen würde."

Der Rückruf kam dann auch nach weniger als zwei Stunden.

„Der Herr Botschafter hat gesagt, dass solche Personendaten von Staatsbürgern unseres Landes nicht herausgegeben würden, auch nicht in diesem besonderen Fall."

„Schade, Herr Sladko wäre so ein wichtiger Zeuge gewesen."

Die junge Mitarbeiterin wollte aber weiter hilfreich sein. „Frau Lakner, es könnte ja sein, dass der ehemalige Botschafter diesen Herrn Sladko kennt. Herr Sladko wollte ihn besuchen, ich musste für ihn den Aufenthalt unseres früheren Botschafters ausfindig machen. Das ist mir auch gelungen, er lebt in Königs Wusterhausen in einer Unterkunft des DRK.

Herr Sladko hat mich für meine Arbeit sehr gelobt, er wollte sogar den Präsidenten davon unterrichten."

„Was wollte den der Herr Sladko in ihrer Botschaft?"

„Ach, nur einen Koffer abholen." Die junge Dame wurde merklich einsilbig.

Mareike beendete das Gespräch mit nochmaligem Dank.

„Männer, es gibt Arbeit. Ich brauche schnell ein Foto von diesem Sladko. Vielleicht lässt sich aus dem Videomaterial ein Bild gewinnen. Und Herr Schulte, machen Sie einen Wagen klar. Wir fahren noch einmal nach Königs Wusterhausen."

Sladko hatte keine Vorstellung davon, wie es in einer Flüchtlingsunterkunft aussehen würde. Als er endlich den Standort am Rande des Ortes gefunden hatte, parkte er den Leihwagen in deutlichem Abstand. Er sah, dass ein hoher Zaun die Unterkunft vollständig umschloss. Am einzigen Tor standen Mitarbeiter einer Sicherheitsfirma, die ihre Aufgabe offensichtlich ernst nahmen. Da konnte er unmöglich rein.
´Wenn mein Vorhaben gelingen soll, muss ich warten bis die Ratte ihr Nest verlässt´, dachte er. Zu seinem Ärger regnet es in Strömen. Die Bewohner blieben in ihren Unterkünften.

Am nächsten Tag klarte das Wetter auf. Sladko war schon früh wieder in der Nähe des DRK-Heims. Er parkte seinen Wagen weit abseits, aber so, dass er das Tor im Auge hatte. Und er hatte Glück. Der ehemalige Botschafter Grorankij verließ kurz vor elf Uhr den umzäunten Bereich zu seinem üblichen Morgenspaziergang. Sladko stieg ohne Eile aus dem Auto, folgte in weitem Abstand. Zunächst gab er sich große Mühe nicht entdeckt zu werden, nutzte jede der wenigen Möglichkeiten für eine Deckung, aber dann erkannte er, dass Grorankij ohne Argwohn war, denn er drehte sich nicht um. Nach dreihundert Metern verließ der ehemalige Botschafter die Straße und bog nach rechts auf einen Fußweg ab. Zuerst Wiese, dann lichter Baumbestand, dann Wald. Sladko vergrößerte seinen Abstand. Es war still in dem kleinen Wald, er hörte nur die Schritte des Botschafters, offensichtlich war kein Mensch in der Nähe. ´Vorsicht´ ermahnte sich Sladko. Er blieb stehen und lauschte. Nichts. Seine Augen suchten prüfend die Umgebung ab. Nichts. Auf seine Schritte achtend ging er weiter. Dann sah er den kleinen See, die Bank und den Botschafter darauf sitzend. Er schien zu träumen.

Sladko schätzte seine Möglichkeiten ein. Schnell und kampflos sollte es sein. Behutsam ging er weiter, näherte sich der Bank. Dann wechselte er zu schnellen, festen Schritten. In wenigen Augenblicken stand er vor der Bank.

„Hallo Genosse Grorankij."

Der Angesprochene hob seinen Arm, um seine Augen vor der Blendung durch die Spiegelung des Sonnenlichts im See zu schützen.

Es ging schnell. In einer einzigen fließenden Bewegung traf das Messer sein Ziel.

Sladko überlegte. ´Den Körper in den See werfen?´, diese Überlegung ließ er sofort fallen. Er wollte keine Spuren. Bis auf wenige Blut-spritzer am Ärmel seines Hemds und etwas Blut an seiner Hand war alles glatt gegangen. So sollte es auch bleiben.

Vorsichtig richtete er den schlaffen Körper wieder auf, legte einen Arm des toten Körpers über die Rückenlehne der Bank. Wenn er Glück hätte, würde der Leichnam in dieser Position bleiben, wenigstens für ein Weile. Ein schlafender Spaziergänger.

Sladko wischte mit einem Taschentuch seine Hand sauber. Er sah die Spuren seiner Schuhe vor der Bank.

´Ruhig bleiben.´ Er überlegte. Das Wichtigste war jetzt, dass es keine Verbindung zwischen ihm und diesem Platz gab.

Er ging in Richtung zu seinem Leihwagen, stieg aber nicht ein. Er befürchtete Spuren des Waldbodens im Auto zu hinterlassen. Also ging er zum Bahnhof. Am Automaten kaufte er eine Fahrkarte nach Berlin. Am Hauptbahnhof dort schmiss er sein blutverschmiertes Taschentuch in einen Abfallbehälter. Zurück zum Hotel. Noch vor der Zimmertür zog er seine Schuhe aus, im Zimmer dann das Hemd. Die paar Blutspritzer wollte er mit kaltem Wasser auswaschen, das gelang ihm aber nicht. Egal, er würde es entsorgen.

Sein Gefühl sagte ihm, dass er sich einen Drink verdient habe. Nicht an der Bar. Im Kühlschrank waren Bier und auch Schnäpse. Genug für heute. Er würde den Wagen morgen abholen. Mit anderen Schuhen und einem anderen Hemd. Nicht vergessen: ´Ivo anrufen´ war sein Gedanke vor dem Einschlafen.

Diesmal hatte es keine Diskussion gegeben. Paul fuhr die gesamte Strecke. Wieder zeigten sie am Zaun der Unterkunft ihre Dienstausweise und wieder wurden sie zum Zimmer des Asylbewerbers Grorankij begleitet. Das Zimmer war leer.

„Der wird auf seinem üblichen Morgenspaziergang sein, kommt meist gegen Mittag wieder. Wollen sie warten?"

Nein, wollten sie nicht. Sie zeigten dem Wachmann das Foto von Sladko. Der Sicherheitsmann am Tor erklärte ihnen, dass er diese Person hier noch nie gesehen habe.

Was jetzt? Mareike und Paul überlegten.

„Wahrscheinlich ist er zu seinem Lieblingsplatz unterwegs, das ist auf jeden Fall einen Versuch wert."

Ein Stück fuhren sie mit dem Auto, dann ging es nur zu Fuß weiter, erst die Wiese, dann der Wald. Als sie in die Nähe des kleinen Sees kamen, sahen sie schon aus einiger Entfernung den Ex-Botschafter auf seiner Lieblingsbank sitzen, einen Arm nach hinten über die Lehne der Bank gelegt, den Kopf wie schlafend auf die Brust gesunken. Paul fasste Mareike plötzlich am Arm, heftig.

„Chefin, bleiben Sie stehen. Ich gehe mal alleine vor. Da stimmt was nicht."

Mit einem unguten Gefühl näherte er sich vorsichtig der Bank. Sein Bauchgefühl hatte ihn nicht getäuscht.

Unter der Bank war eine deutliche Blutlache. Er winkte Mareike zu sich, nahm ein Stöckchen vom Waldboden auf und berührte damit das Blut, es war noch nicht ganz eingetrocknet.

„Abstand halten, wir dürfen keine Spuren verwischen." Paul ließ sich von Mareikes mahnenden Worten nicht aufhalten. Mit seinem Stöckchen schob er behutsam die leichte Jacke des Toten ein wenig zur Seite. Er sah die Wunde sofort.

„Nur ein Stich, sofort tödlich, die Arbeit eines Profis."

Er sagte es mehr zu sich selbst als zu Mareike.

„Chefin, ich schlage vor, wir verkrümeln uns. Das kann nicht auch noch unser Fall werden. Darum sollen sich die Kollegen vor Ort kümmern. Und außerdem könnte der Ganove noch in der Nähe sein."

Mareike hatte Bedenken, musste aber einsehen, dass Paul recht hatte. Sie verständigte die Kollegen der zuständigen Polizeidienststelle über Funk vom Fund einer Leiche.

„Wir haben keine Zeit, wir sind hinter dem wahrscheinlichen Mörder her." Alles andere würde sie später den zuständigen Ermittlern erläutern.

In rasanter Fahrt ging es zurück zur Dienststelle in ihrer Stadt.

Ein Handy

Mareike und ihre drei Mitarbeiter saßen rings um einen Tisch im Besprechungsraum. Sie berieten, wie es weitergehen könne. Ein schwaches Summen war zu hören. Es war Mareikes Handy. Es klingelte nicht, sondern vibrierte nur.

„Hier Schmitt, Dr. Schmitt, Schmitt mit zwei T. Frau Lakner, können wir ungestört reden?"

„Einen Augenblick, ich gehe in mein Büro." Wieder verschloss sie sorgfältig die Tür.

„So, jetzt bin ich alleine. Was verschafft mir die Ehre ihres überraschenden Anrufs?"
„Ich habe eine gute und eine schlechte Nachricht. Welche wollen Sie zuerst hören?"
„Zuerst die schlechte."
„Sie haben doch den ehemaligen Botschafter Grorankij in Königs Wusterhausen vor ein paar Tagen besucht. Er ist ermordet worden. Die Tat ist außerhalb des Ortes verübt worden. Man fand die Leiche auf einer

Parkbank an einem See. Tödlicher Messer-
stich ins Herz, wahrscheinlich die Tat eines
Profis."

Mareike blieb ganz cool. „Das ist zwar eine
schlechte Nachricht, aber keine neue
Nachricht für uns. Auch die Polizei hat ihre
Quellen."

Dr. Schmitt schluckte merklich.

„Na dann zur guten Nachricht. Ihr Mitarbeiter
hat am Computer gute Arbeit geleistet. Wir
sind seinem Tipp mit dem Spielzeug
nachgegangen. Bei der nächsten
Grenzkontrolle eines IMPEX-LKWs wurde die
Palette mit dem Spielzeug genauer
untersucht. Es handelte sich um eine
Mischung aus harmlosen Gesellschafts-
spielen und Baukästen für junge Bastler, so
was wie ´Dein erstes Labor´ und ´Kristalle
selber züchten´. Dazwischen auch Kästen mit
Experimenten für junge Elektroniker. Wenn
man genau hinschaute, konnte man
erkennen, dass diese nicht mehr
originalverpackt waren. Die Platinen,
Mikrochips und Leiterplatten der Amis waren

zwischen die ursprünglichen Bastelbauteile gemischt. Wenn man nicht gezielt danach gesucht hätte, wäre nichts Verdächtiges zu erkennen gewesen. Ganz schön clever diese Firma IMPEX.

Werden sich jetzt wohl was anderes einfallen lassen müssen.

Nochmals meinen Dank an ihren Mitarbeiter. Aber bitte anonym."

„Werde ich gerne ausrichten."

„Leider ist meine Behörde in Sachen Klarnamen Sladko nicht weitergekommen. Er findet sich in keiner Kartei, tut mir leid."

„Trotzdem vielen Dank für ihre Mühe."

Mareike kam nicht dazu, Michael den besonderen Dank eines anonymen Herren auszurichten.

Das Gespräch mit Dr. Schmitt war kaum beendet, da vibrierte das Handy schon wieder.

„Hier Stachowiak."

„Oh, Frau Stachowiak, nett dass Sie anrufen. Was gibt´s denn?"

„Der neue Geschäftsführer der Firma IMPEX hat sich bei mir angekündigt. Er kommt heute Nachmittag ins Haus. Er will mit Dr. Marchow sprechen."

„Hat er eine Uhrzeit genannt?"

„Er ist mit dem Auto unterwegs. Er schätzt so gegen drei hier zu sein, je nach Verkehr."

„Vielen Dank für ihre Information. Wir prüfen, ob das für uns von Bedeutung ist. Ihnen wünsche ich einen guten Tag."

Und ob das von Bedeutung war.

„Paul, präpariere eine zivile Karre." In ihrer Aufregung hatte sie gar nicht bemerkt, dass sie Paul Schulte zum ersten Mal duzte. „Wir müssen uns auf die Lauer legen, getarnt als Pärchen."

„Chefin, mach´ ich doch gerne. Wo ist denn der Einsatzort?"

„Der Parkplatz der Metallfirma am Stadtrand."

Gegen zwei Uhr fuhren sie in Richtung Firma. Auf dem Parkplatz angekommen, blickte Mareike sich um.

„Mist, der ist vollkommen blank, keine Deckung. Hier können wir unmöglich über eine Stunde ein Pärchen mimen. Wir müssen was Besseres suchen."

Paul war enttäuscht, aber er musste ihr Recht geben.

„Chefin, vielleicht hinter den Büschen da vorn. Die Zufahrt ist ja üppig bepflanzt, so als wolle die Firma sich tarnen. Wir müssen uns ja erst dann richtig verstecken, wenn das Auto kommt. Unser Kunde ahnt ja nicht, dass er hier erwartet wird."

Sie stellten den Ford am Rand des Kundenparkplatzes ab und suchten sich einen geeigneten Platz mit Sicht nach vorn und vielen dichten, immergrünen Büschen.

Noch jemand lag auf der Lauer, Mirco.

Nach dem Anruf von Sladko, in dem dieser ihn über den Verrat des Botschafters informierte, hatte Ivo Mirco das Zeichen gegeben und zur Eile gedrängt. Sladko würde morgen oder über-morgen Nachmittag bei der Firma erscheinen.

Mirco hatte frühmorgens am Tor von IMPEX auf seine Mitfahrgelegenheit gewartet. Der LKW-Fahrer war froh darüber, eine Begleitung zu haben. So konnte man auch ein wenig quatschen. Ihre Gespräche drehten sich um Fußball, Politik, Jugenderlebnisse und immer wieder um Frauen. Mirco erwähnte den Präsidenten mit keinem Wort. Auf die Frage, warum er denn in diesen Ort in Deutschland wolle, hatte er geantwortet: „Ich will gar nicht genau in diese Stadt, aber in der Nähe wohnen Verwandte von mir, die will ich besuchen." Nachdem der Fahrer sich versichert hatte, dass Mirco auch seinen Führerschein bei sich hatte, ließ er ihn sogar ein Stück den Kleinlaster fahren. Das sparte eine Menge Zeit, so kamen sie schon am Mittag des nächsten Tages am Zielort an.

„Lass mich irgendwo in der Stadt aussteigen, am besten in der Nähe des Bahnhofs."

Seinen einfachen Koffer verschloss er in einem Fach der Gepäckaufbewahrung. Nur sein Werkzeug nahm er mit.

Er bummelte durch die Stadt. Ein Stadtplan wies ihm den Weg zur Firma am Stadtrand. Obwohl Ivo zur Eile gemahnt hatte, wollte er abwarten, bis der kleine LKW beladen und wieder in Richtung IMPEX losgefahren war.

Ein erster schneller Blick auf das Firmengelände. Keine Wohnhäuser in der Nähe, nur eine Zufahrtsstraße, sonst kein Verkehr. Die LKW-Einfahrt führte auf den Firmenhof und eine andere Zufahrt war mit ´Besucherparkplatz´ beschildert. Beide waren von dichten Grünpflanzen eingefasst, einer Mischung aus Kirschlorbeer, Thuja und Eiben. Die ursprünglich einmal kleinen Pflanzen hatten sich zu stattlichen Büschen entwickelt. Das würde ein ideales Versteck für ihn sein. Gerade als er glaubte darin einen idealen Standort für sich und seine Aufgabe gefunden zu haben, hielt ein silberfarbener

Ford auf dem Kundenparkplatz. Ein Pärchen stieg aus, zunächst unschlüssig, aber dann steuerten sie auf die Büsche zu.

´Müssen die ausgerechnet hier und jetzt turteln.´ Er musste sich einen neuen Platz suchen. Der silberne Ford war ziemlich am Rand des Kundenparkplatzes abgestellt worden. Der könnte ihm für einige Zeit Deckung geben. Wenn das Pärchen zurückkommen würde, könnte er wieder in die Büsche verschwinden.

´Die können ja nicht ewig da rum machen´, war sein Gedanke.

Er sollte sich irren, es ging alles viel schneller.

Es dauerte keine Stunde, dann fuhr ein schwerer BMW auf den Besucherparkplatz.

Sladko stieg aus. Er wollte nicht zum Haupteingang, sondern eine der Werkshallen war sein Ziel. Ausgestiegen drehte er sich noch einmal zum Auto um und mit der Funksteuerung in der Hand vergewisserte er sich, dass der Wagen auch wirklich verschlossen war.

Paul erhob sich und setzte zum Spurt an. Da fiel ein Schuss, schallgedämpft, aber hörbar. Sladko sackte zu Boden.

„Schulte, sind Sie wahnsinnig zu schießen." Mit einem Sprung war Paul Schulte bei Mareike und drückte sie flach auf den Boden. Er legte ihre einen Finger auf den Mund und flüsterte in ihr Ohr: „Ich hab´ nicht geschossen. Da ist jemand anderes, ein guter Schütze, hat den Sladko voll erwischt. Leise. Und Vorsicht. Wir brauchen Verstärkung."
„Das Funkgerät ist im Auto."
„Dann schicken Sie Michael eine Mail, Sie haben doch ihr Handy." Paul dachte ´Frauen haben immer ihr Handy dabei´. „Er soll mindestens zwei Wagen schicken, aber ohne Blaulicht und Signal. Ich peil mal die Lage."
Jetzt kam ihm seine Bundeswehrerfahrung zu Gute. Mit Handzeichen bedeutete er Mareike, dass sie an ihrem Platz bleiben solle, er mache sich auf den Weg zur Seite, um in

den Rücken des vermuteten Schützen zu kommen.

Das Geräusch des Schusses war in dem allgegenwärtigen Lärm des Werkes untergegangen. Mirco wartete einige Augenblicke, bis er überzeugt war, dass keiner den Schuss bemerkt hatte. Auch dieses Pärchen nicht. ´Sind wohl beschäftigt´ dachte er. Der Kerl schien schon bei der Frau zu liegen. Alles blieb ruhig. Niemand schaute aus einem Fenster, keine Tür ging auf. Mit festen Schritten ging er zu Sladko.
Er war sich seiner Sache sicher. Er war ein guter Schütze.

Mirco beugte sich über den leblosen Körper und begann, die Taschen des Toten zu durchsuchen. Den Autoschlüssel hatte er schon, die Brieftasche ertaste er kurze Zeit später. Wie versprochen war da ein größerer Betrag in Euros.

Aus dem Augenwinkel bemerkte er eine Bewegung in seine Richtung. Er richtete sich spähend auf und griff nach seiner Waffe.

Paul schoss schneller, in die rechte Schulter. Mit einem Aufschrei ließ Mirco seine Waffe fallen.

Mit der Dienstwaffe in der Hand lief Paul auf ihn zu.

„Chefin, ich habe den Burschen" rief er laut. Mareike kam langsam zu ihm, ebenfalls ihre Waffe in der Hand.

Inzwischen waren auch die zwei Streifenwagen eingetroffen.

„Schuba, ich brauche Handschellen und einen Krankenwagen."

Paul kommandierte. „Ihr andern sichert den Tatort."

„Einer geht hoch ins Büro und informiert die Angestellten. Sie sollen ruhig bleiben, wir haben alles im Griff."

„Darf ich auch wieder was anordnen oder will der Herr weitermachen." Mareike hatte sich wieder gefangen.

„Entschuldigung Chefin, aber ich war so in Fahrt."

„Sie haben vergessen die Spurensicherung anzufordern. Alles muss ich selbst machen."

Sie war nicht sauer auf Paul, ganz im Gegenteil.

Mirco machte keinen Fluchtversuch. Warum auch, er war schließlich im Dienst seines Herrn unterwegs

Intermezzo

Am nächsten Tag war Mareike allein in ihrem Büro. Paul kam zur Tür herein, irgendwie zögerlich.

„Chefin..."

„Ja?"

„Chefin, als ich da hinter den Büschen neben Ihnen auf dem Boden lag..."

„Ja?"

Eine leichte Röte überzog Pauls Gesicht, er sprach ungewohnt stockend.

„Chefin...da hätte ich Sie beinahe geküsst."

„Schade."

„Was ist schade?"

„Das ´beinahe´."

Ivo saß zufrieden in seinem Sessel. Diese dummen Leute von Interpol.

Auf deren Anfrage hatte er nur geantwortet „Wie kommt dieser Raubmörder nur dazu, zu behaupten, ich hätte ihn beauftrag. Das ist eine reine Schutzbehauptung dieses feinen

Herrn Janic. Sie werden doch so einem Kerl diese Lüge nicht glauben."

Der LKW-Fahrer bestätigte auch, dass dieser Mann kein Wort von einer Verbindung zum Präsidenten oder gar von einem Auftrag gesagt habe.

Das Gericht glaubte dem Präsidenten und nicht dem auf frischer Tat erwischten Mörder. Endlich frei. Jetzt war er nicht nur Präsident mit guter Aussicht auf eine Wiederwahl, sondern auch alleiniger Eigentürmer der Firma IMPEX. Und er hatte zwei Millionen Euro auf einem Konto im Ausland. Er lächelte selbstgefällig. Dieser einfältige Janic hatte wirklich geglaubt, er würde ihn mit einer Aussage vor dem deutschen Gefängnis bewahren.

Ein junger Zollinspektor vermerkte in seinem Inventarverzeichnis: ´Plombenzange vom Präsidenten noch nicht zurück, Datum´.

Die ersten kleinen Wolken zogen auf.

Neue Entwicklung

Die Beziehung zwischen Mareike und Paul war ein zartes Pflänzchen. Keiner wagte den ersten Schritt. Es war Paul, der seine Chance nutzte, als er in der Mittagspause mit Mareike mal alleine im Büro war.

„Chefin, würden Sie ´Ja´ sagen, wenn ich Sie zum Essen einlade?"

„Aber nicht ins ´Al Ponte´."

Die spontane Antwort kam etwas zu schnell für Paul. Er stockte. „Ich werte das mal als Ja. Ich hab´ mich schlau gemacht. Es gibt auch in anderen Städten Italiener."

Ein gemeinsamer Termin wurde gefunden, Samstag.

„Ich hole Sie um 18.oo Uhr zu Hause ab."

„Wie? Sie sind doch notorischer Fußgänger."

„Ich organisier das schon."

Paul war pünktlich. Mareike wartete in der Haustür, auf keinen Fall wollte sie ihn die Wohnung lassen. Zu auffällig.

„Ist ein Leihwagen" erklärte Paul.

Beide redeten kaum während der Fahrt zum Lokal. Paul hatte einen Tisch reserviert. Mareike ließ sich sogar dazu überreden, einen Vorspeisenteller mit Paul zu teilen. Und zu einem Prosecco. Danach ein Mineralwasser und für Paul ein alkoholfreies Bier. Das Gespräch kam nur schleppend in Gang. Aber dann hatten sie ein gemeinsames Thema: Die drei Morde in der jüngsten Vergangenheit.

„Wir müssen etwas unternehmen. Die Fälle sind angeblich abgeschlossen, aber das Ergebnis stinkt zum Himmel. Da ist was oberfaul."

Mareike stimmte ihm zu. „Ja, wir müssen etwas unternehmen." Nach einer Zeit des Nachdenkens: „Der Schlüssel in dieser verworrenen Angelegenheit liegt auf dem Balkan."

Auch Paul dachte nach. „Gibt es eigentlich diese Städtepartnerschaft oder liegt die auf Eis?"

„Soweit die Lokalmedien berichten, soll die Partnerschaft trotz der Ermordung von Frau Vulkanovic umgesetzt werden. Warum?"

„Unser Bürgermeister sollte dann auch von eigenen Personenschützern begleitet werden."

„Gute Idee. Ich werde mal mit dem ´Alten´ sprechen."

Über dem Tisch blieb es bei einem fachlichen Gespräch unter Kollegen, bei Salat und Saltimbocca. Unter dem Tisch berührten sich ihre Beine öfter als das es nur zufällig gewesen wäre.

Auf dem Weg zum Auto hakte sie sich bei Paul ein. An der Autotür blieb er stehen, sah Mareike in die Augen. Wieder war er verlegen. „Ich wollte nochmal auf das ´Schade´ von neulich zurück…"

Sie wartete nicht auf die Vollendung des Satzes, sondern küsste ihn zärtlich.

Mareike stand als erste auf. Paul war noch schlaftrunken.

„Im Bad ist ein Bademantel, den kannst Du nehmen. Und eine neue Zahnbürste ist da auch."

„Oh, der Herr hat vorgesorgt."

„Nee, nicht für heute. Die Zahnbürste habe ich kurz nach meinem Einzug in diese Wohnung angeschafft. Für alle Fälle. Aber bis heute ist sie unbenutzt geblieben."

Trotz des Protestes von Mareike – „Ich muss auf meine Figur achten" – „Da gibt es nichts zu mäkeln" - bereitete Paul, in Turnhose und T-Shirt, ein Frühstück aus Bacon mit Spiegelei für beide.

„Das gibt Kraft für den ganzen Tag."

„Aber heute ist Sonntag, da brauche ich keine Power, da kann man im Bett liegen bleiben."

„Ein guter Vorschlag."

Am späten Nachmittag brachte Paul Mareike zu ihrer Wohnung zurück. Unterwegs fragte er „Wie soll es auf der Dienststelle weitergehen?"

„Ich denke darüber nach. Vielleicht ist Offenheit ja das Beste."

Zum Dienstbeginn am Montag versammelte Mareike ihre Mannschaft in ihrem Büro.

„Männer, ich habe als erstes etwas Privates. Kollege Schulte und ich sind uns näher-gekommen. Ich schlage daher vor, dass wir uns alle mit Vornamen anreden, ich bin Mareike."

Michael murmelte leise „Vorgesetzte und Untergebener, das ist nicht gut."

Und Schuba meldete sich mit „Nein, ich möchte bei Schuba bleiben, finde ich besser als Pascal. Und wenn ich schon das Wort habe, ich meine wir sollten besser weiter Chefin sagen." Sofort gab es Zustimmung von Paul und Michael.

Mareike schaute in die Runde. „Akzeptiert. Ich habe nur eine Bitte: Das mit Paul und mir sollte nicht sofort die Runde im ganzen Präsidium machen." Noch ein Blick in die Runde. „Soweit das Private. Paul und ich habe uns aber auch dienstlich unterhalten. Wir sind gemeinsam der Ansicht, dass wir die Morde an Frau Vulkanovic und diesem Sladko noch nacharbeiten müssen. Da stimmt etwas nicht. Ich bitte euch Drei, dass ihr überlegt, was wir unternehmen sollen, um in diesen Fällen weiterzukommen."

Schuba und Paul gingen zu ihrem Arbeitsplatz.

„Michael, ich möchte, dass Du noch einem Moment in meinem Büro bleibst."

Mareike saß auf ihrem Schreibtisch, Michael stand verlegen vor ihr. „Michael, ich habe deine Bemerkung vorhin durchaus gehört. Bist Du etwa eifersüchtig?"

Michael hielt ihrem forschenden Blick stand. „Nein, nicht mehr, nur traurig." Seine Gedanken wanderten zu dieser einen Nacht, die er mit Mareike verbracht hatte.

„Du kannst Dich gerne versetzen lassen, wenn Du mit der neuen Situation nicht klarkommst."

„Ist schon gut. Andre Mütter haben auch hübsche Töchter." Eine Spur Bitterkeit war in seinen Worten. „Auf keinen Fall versetzen. Die Arbeit hier macht mir Spaß, ich bin gerne in Deinem Team."

Schon halb in der Tür sagte er „Ich versuche nochmal Kontakt mit diesen Oppositionellen aufzunehmen. Vielleicht komme ich ja in eine ihrer Chatgruppen."

„Guter Gedanke."

Am nächsten Nachmittag verkündete Michael voll Stolz, dass er wieder Kontakt zur Chatgruppe der Opposition herstellen konnte. Sein Kontakt nenne sich ´Tantalus´, wolle aber sicher sein, dass er nicht bei einer Falle des Geheimdienstes seines Landes landet. Er wolle sich daher bei der Polizei hier in Deutschland vergewissern.

„Chefin, geht das klar? Kann ich dafür meinen Klarnamen und meine Daten rausgeben?"

„Ja, aber nur Deine. Ich gebe der Zentrale Bescheid, für den Fall, dass ´Tantalus´ sich dort meldet."

Ivos Problem

Ivo wurde schnell klar, dass er nicht gleichzeitig Chef von IMPEX und Präsident sein konnte. Aus der Liste der guten und älteren Mitarbeiter wählte er einen Geschäftsführer aus. Schon nach zwei Wochen klagte der bei ihm über die schlechten Geschäfte. „Wir sind nur noch ein einfaches Speditionsunternehmen, den großen Umsatz hat die verstorbene Chefin mit ihren besonderen Lieferungen gemacht. Aber darüber habe ich keine Unterlagen."

Ivo hatte auch keine Informationen über diese Seite des Geschäftes von IMPEX. Mira hatte es immer vor ihm verborgen. Ihr Handy hatte er mit Hilfe der Super-Pin, die er in einem Aktenordner gefunden hatte, geöffnet. Viele Telefonnummern, aber keine Hinweise auf die Geschäfts-verbindungen, die er suchte. Offensichtlich war alles auf ihrem persönlichen Computer im Büro von IMPEX.

Nach Feierabend ging er in ihr ehemaliges Büro. Aber auch der Computer war mit einem Passwort geschützt. Er überlegte: Mira war eine Frau, also würde sie nicht irgendein beliebiges Passwort genommen haben. Zuerst versuchte er es mit ihrem Geburtsdatum, Fehlanzeige. Er dachte intensiv nach. Er suchte eine Zahlenkombination, die nur sie kannte und die ihr gleichzeitig sehr vertraut war. Dann hatte er die richtige Idee, es mussten Daten des Vaters sein.

Am nächsten Tag ließ er sich die Personalakte des ehemaligen Oberst Skorski durch seine Mitarbeiterin besorgen. Ausgestattet mit diesen Daten machte er sich wieder an die Arbeit. Das Datum des Todes, auch Fehlanzeige. Das Geburtsdatum des Vaters war dann die richtige Zahlenfolge, der Bildschirm leuchtete auf.

Er fand was er suchte, alle Angaben zu den Kunden für die Waffengeschäfte.

Am Abend nahm er telefonisch Kontakt auf, ein Gesprächstermin wurde vereinbart.

Schon am übernächsten Tag traf man sich im Büro der Firma IMPEX. „Wir warten auf die bestellten Waren", maulten die beiden Käufer. Ivo versprach, sich um eine sofortige Lieferung zu kümmern. Dieses eine Mal wollte er sich selbst einschalten. Dann sprach er noch etwas anderes an.

„Meine Herren, der Tod meiner Frau hat eine Lücke hinterlassen. Ich kann diesen Teil des Geschäftes von IMPEX nicht gleichzeitig mit meinem Amt führen. Ich benötige personelle Hilfe."

„Wir denken darüber nach. Vielleicht haben wir eine geeignete Person."

Es dauerte zwei Tage. Dann wurde telefonisch Hassan angekündigt. Er würde sich in den nächsten Tagen bei Ivo vorstellen. Nach vier Tagen erschien Hassan bei Ivo.
Ivo stellte einige Fragen, wenige zur Person, einige mehr zu seinen Erfahrungen in diesem

heiklen Geschäft. Die waren offensichtlich vorhanden.

„Gut, ich stelle sie ein. Das Speditions-geschäft bleibt außerhalb ihrer Zuständigkeit, sie kümmern sich nur um den besonderen Geschäftszweig. Da lasse ich ihnen weit-gehend freie Hand. Nur die Zahlen müssen stimmen."

Hassan kümmerte sich als erstes um die mechanische Werkstatt. Dort schien ihm alles gut zu laufen, die Männer verstanden ihr Handwerk. Dann sprach er mit den Fahrern für die besonderen Transporte. Schnell erkannte er, dass nur einer derjenige war, auf den er sich verlassen konnte, auch für Geschäfte am Rande der Legalität. Ihn lud er zu einem gemeinsamen Abendessen ein. Nach dem dritten Glas Wein gestand der Fahrer ihm, dass er im Besitz der Plombenzange und der dazu gehörenden Plomben sei. Hassan wusste, was als nächstes zu tun ist.

„Wir machen zuerst einen Probelauf. In den nächsten Tagen kommt ein Container mit Ware aus Bar hier an.

Diese Ware ist sauber. Die lassen wir durch die hiesige Zollbehörde ganz normal auf den Weg bringen, mit Papieren, Plomben und so weiter. In Köln, beim Großhändler, achtest Du genau darauf, wie der Zoll beim Öffnen des Containers vorgeht."

So wurde es gemacht.

Frau Janic

Zwischen Michael und ´Tantalus´ entwickelt sich ein reger Chat-Austausch. Auch Michael musste sich einen Tarnnamen zulegen.

„Und?" fragte Mareike.

„Blue Moon. Es musste schnell gehen. Und ´Tantalus´ ist sehr einverstanden. Ausländischer Name ist gut."

„Verrate ihm nur nicht zu viel von unseren Überlegungen, nur was bereits aktenkundig ist."

Nach einiger Zeit meldete sich ´Tantalus´ mit einer Bitte. Frau Janic wolle gerne ihren Mann im Gefängnis besuchen. Die Regierung hier habe ihr jede Hilfe verweigert. „Vielleicht kann ihre Behörde helfen."

Nach kurzer Rücksprache mit Mareike sagte Michael Hilfe zu, sie würden Frau Janic am Flughafen abholen, ein Dolmetscher würde organisiert.

Frau Janic, eine einfache Frau mittleren Alters, war bei der Ankunft sehr nervös. Wie der Dolmetscher übersetzte, glaubte sie immer noch an die Unschuld ihres Mannes. „Mirco ist kein Mörder. Er war mir immer ein treusorgender Mann. Und immer korrekt."

Der Besuch im Gefängnis war durch die Anstaltsleitung auf eine Stunde begrenzt. Als Frau Janic wieder bei Mareike im Polizei-wagen saß, weinte sie ohne Pause und ohne Hemmung. Zwischendurch stieß sie immer wieder ein „Ivo, dieser Schuft" aus.

Sie brachten die Frau zur Polizeidienststelle in ihrer Stadt. Erst mal beruhigen. Der Dolmetscher übersetzte den Bericht der immer noch weinenden Frau.
„Mirco hat nur getan, was Ivo ihm befohlen hat. Sladko war ein Dieb am Volksvermögen. Er sollte im Auftrag des Präsidenten beseitigt werden. Mein Mann hatte keine eigenen Interessen, er ist kein Räuber, nur Soldat."

Mareike, Paul, Schuba und Michael berieten sich.

„Die Frau klingt sehr überzeugend. Und was sie sagt, ist hochbrisant."

Alle stimmten mit Schuba überein. Michael hatte dann eine Idee: „Wir machen ein Video von ihrer Aussage."

„Und dann?"

„Wir klopfen mal auf den Busch. Ich übermittele das Video an ´Tantalus´, der wird schon für die Verbreitung sorgen. Dann werden wir sehen, was passiert."

So wurde es gemacht. ´Blue Moon´ setzte sich mit ´Tantalus´ in Verbindung und kündigte eine wichtige Nachricht an. Es dauerte einige Zeit, bis ´Tantalus´ reagierte.

„Kann ich sicher sein, dass das Video kein Fake ist?"

Michael gab sein Ehrenwort.

„Gut, ich melde mich morgen Abend."

´Tantalus ´ meldete sich pünktlich.

„Das Video hat sich rasend schnell verbreitet. Der Präsident soll getobt haben. ´Die Alte bring ich um´ soll er geschrien haben. Sie werden verstehen, Frau Janic kann nicht in unser Land zurück. Hier ist sie nicht mehr sicher. Ich vertraue auch dabei auf ihre Hilfe." Wieder versprach Michael die Hilfe seiner Behörde.

Mareike war unsicher. „Wie können wir da helfen?"
Schuba machte einen Vorschlag. „Das Einfachste ist, wenn sie einen Asylantrag stellt. Ich spreche mal mit der Ausländer-behörde. Dass die Frau gefährdet ist, können wir sicher bestätigen."

Reisevorbereitungen

Mareike rief Frau Stachowiak an. „Frau Stachowiak, ich möchte Sie gern zu Kaffee und Kuchen einladen. Ein kleines privates Dankeschön für ihre Hilfe."
„Ein schönes Eis wäre mir lieber."
„Auch gut."
Ein gemeinsamer Termin wurde gefunden. Mareike aß ein Joghurt-Eis, Frau Stachowiak einen Amarena-Becher. Man plauderte zwanglos.

Vorsichtig lenkte Mareike das Gespräch auf die Firma.
„Joachim hat gesagt, dass das ein sehr bedauerlicher Vorfall gewesen sei, aber Geschäft ist Geschäft."
„Joachim?"
„Ich meinte, der Chef." Frau Stachowiak wurde merklich zugeknöpft. Mareike dachte ´Da ist was im Gange, aber Eheprobleme gehen mich nichts an.´

„Und. Arbeitet Dr. Marchow immer noch mit IMPEX zusammen?"

Knappe Antwort: „Ja."

„Und, werden ´Maschinenteile´ in Kürze wieder ausgeliefert?"

Die Antwort kam noch schneller. „Ja, am Freitag. Aber ich wusste nicht, dass das hier ein Verhör ist. Ich bezahle meine Rechnung selber."

Danach war Schweigen.

Am Freitag wurde das Firmengelände in kurzen Abständen bestreift. Endlich erschien der LKW der Firma IMPEX.

Ein Streifenwagen fuhr auf den Hof neben den LKW. Mareike und Paul kamen mit einem anderen Fahrzeug dazu.

Paul stieg aus. „Fahrzeugkontrolle. Sie fahren im grenzüberschreitenden Verkehr. Die Kollegen werden alles überprüfen."

Der Fahrer blieb ganz ruhig, nahm seine Jacke aus dem Fahrerhaus und zog sie an. Das Elektronikteil war in der Innenseite seiner Jacke und die Plombenzange lag in einem

Nicht-Versteck, offen zwischen seinen Werkzeugen. Er war sich sicher. „Der Container ist leer. Ich soll ja hier erst laden."

Die Kollegen von der Streife ließen sich bei ihrer Fahrzeugprüfung wie verabredet Zeit. Paul begann mit dem Fahrer ein belangloses Gespräch, Verkehrslage, Wetterlage, Spritpreise und ähnliches. „Nehmen Sie eigentlich öfter Anhalter mit?"

„Nein, man weiß nie, wer da zu einem ins Auto steigt."

„Aber Mirco Janic haben Sie doch mitgenommen, hat er uns gesagt."

Der Fahrer stutzte. „Das war was anderes. War eine Anordnung vom Chef."

„Welchem Chef?"

Der Fahrer druckste herum. „Na, von ganz oben."

Paul gab den Streifenbeamten ein Zeichen, ´Suche beenden´. „Das Fahrzeug ist in Ordnung. Ich wünsche gute Heimfahrt."

Der Fahrer war erleichtert. Weder das Elektronikteil noch die Plombenzange waren gefunden worden.

Er konnte ja auch nicht ahnen, dass Paul etwas ganz anderes in Erfahrung bringen wollte.

Mareike war beim ´Alten´ vorstellig geworden. Sie berichtete von ihrem Verdacht.
„Mirco Janic und auch der LKW-Fahrer bestätigen unseren Verdacht. Da ist was oberfaul. Wir wollen am Ball bleiben."
Dann erläuterte sie den Plan, den Bürgermeister durch zwei Kollegen, getarnt als Personen-schützer, begleiten zu lassen. Eigentlich war der ´Alte´ gegen solche Aktionen, aber die Ermordung von Frau Vulkanovic in seinem Zuständigkeitsbereich hatte ihn merklich verärgert.
„Ich rede mit dem Bürgermeister."

Der Termin des Gegenbesuchs zur Festigung der Städtepartnerschaft stand fest.
„Was soll ich mit zwei Personenschützern?"
„Herr Bürgermeister, es ist mir klar, dass Sie dort nicht gefährdet sind." Der ´Alte´ blieb

ruhig. „Aber dies ist eine Bitte um ihre Mithilfe bei der Aufklärung der Ermordung von Frau Vulkanovic. Dabei ist es wichtig, dass die Tarnung der zwei Beamten nicht auffliegt. Sie haben also eine wichtige Rolle."
Der Bürgermeister blieb bei seinen Bedenken.
„Herr Bürgermeister, die Reisekosten der beiden Beamten übernimmt natürlich unsere Behörde."
„Ja dann bin ich dabei."

Das Team hatte sich wieder im Besprechungsraum versammelt. „Paul und Schuba begleiten den Bürgermeister", ordnete Mareike an. Keiner widersprach.
Sie gingen nochmals die bisherigen Ergebnisse durch. Schuba machte den Vorschlag, sich einmal die Fernsehberichte vom Tag des Staatsbesuchs in ihrer Stadt anzusehen. „Da wird nicht viel zu sehen sein", meinte Michael. „Die sind doch schon losgefahren bevor der Mord passiert ist. Mussten wohl ins Studio."

Paul, Michael und Schuba standen vor dem Bildschirm des Computers. Schuba hatte die Mediathek des WDR aufgerufen, ´aks´ mit anschließender Lokalzeit. Zuerst lief der Rest der ´Aktuellen Stunde´, Kurznachrichten, dann das Wetter, dann die Lokalzeit.

„Halt mal an."

„Was ist denn Paul, der Bericht vom Staatsbesuch war doch noch gar nicht."

„Schuba, da war was in den Kurznachrichten. In meiner Birne hat es Klick gemacht."

„Also gut. Nochmal von vorne."

„Da. Der Bericht: ´Umsichtiger Vorarbeiter verhindert Katastrophe. Koffer explodiert am Düsseldorfer Flughafen.´ Als die Chefin und ich in Berlin bei der Botschaft waren, war auch von einem Koffer die Rede.

Ich werde mal Kontakt mit dem Flughafen aufnehmen."

Ein Telefongespräch genügte nicht. Mareike und Paul mussten persönlich beim Chef der Flughafensicherheit erscheinen. Der sorgte dann dafür, dass sie auch mit Oleg, dem Vorarbeiter sprechen konnten. Oleg schilderte wie Ahmed mit einem Koffer ohne Banderole aufgetaucht sei, wie er angeordnet habe, dass Ahmed den Koffer zum Tor 5 bringen solle, wie der Koffer aber dort nicht aufgetaucht sei, wie es dann nach ungefähr einer Stunde zu einer Explosion gekommen sei, Gott sei Dank im freien Gelände.

„Danke, das war alles interessant. Wir würden nur gerne wissen, wo der Koffer herkam."

„Da müssen wir Ahmed fragen."

Ahmed erschien. Ihm war die Situation offensichtlich unbehaglich.

Mareike übernahm das Fragen. „Herr Ahmed, Sie sind noch nicht lange hier am Flughafen tätig?"

„Nein, erst paar Wochen."

„Sie wissen über welchen Koffer wir reden? Können Sie sich erinnern, wo Sie den Koffer abgeholt haben?"

Ahmed wollte schweigen, aber Mareike lächelte ihn gewinnbringend an. „Ich glaube VIP-Lounge. Koffer haben immer einen Tag. Ich habe nicht bemerkt, dass da keiner war."

„Können Sie sich an die ungefähre Uhrzeit erinnern?"

„Abend. Ich war auf Spätschicht."

Mit Dank wurde das Gespräch beendet.

„Wir würden gerne noch mit jemand von der VIP-Betreuung sprechen."

Eine freundliche Dame erschien. Ja, an diesem Abend sei der Präsident Vulkanovic mit seinen Begleitern in der Lounge gewesen. Von dem Vorgang mit dem Koffer wisse sie nichts. „Aber komisch. Eine Dame aus der Botschaft hat mich auch nach dem Koffer gefragt."

„Und?"

„Der habe ich eine Kopie der BILD mit einem Bericht über die Explosion eines Koffers gemailt."

Wieder in der Dienststelle entschied Mareike „Wir machen eine Kopie von der Kurznachricht in der ´aks´. Ist mir seriöser als die BILD. Paul, Du speicherst das auf Deinem Handy für Deinen Auftritt als Personenschützer. Vielleicht interessiert sich ´Tantalus´ dafür."

Ein Hund

Das IMPEX-Geschäft lief gut, Hassan hatte die besonderen Lieferungen gut organisiert. Die Container kamen mit ordnungsgemäßer Verplombung in Köln auf dem Lager des Großhändlers an. Dort wurden sie unter Kontrolle des Zolls geöffnet.

Diesmal hatte der zuständige Zollinspektor eine Auszubildende mitgenommen. Sie hatte einen jungen Drogenspürhund mitgebracht.

Die Klappe des Containers stand offen. Der Inspektor beleuchtete das bunte Gemisch verschiedener Waren, wie sie für den Orient typisch waren.

„Herr Inspektor, der Hund gibt Signal."

„Na, dann wollen wir uns die Sachen mal genauer anschauen. Bitte langsam ausladen."

Zwei Arbeiter begannen mit einem Gabelstapler das Ausladen. Jede Palette wurde genau beäugt, der Hund musste jede beschnüffeln. Nichts. Die Ladung war sauber.

„Aber der Hund gibt immer noch Signal."

„Na der Hund ist ja genau wie Sie noch in der Ausbildung. Hier gibt es für uns aber nichts zu finden."

„Vielleicht war ja mal was in dem Container."

„Kann sein, aber heute ist er clean. Ich leg mir das mal auf Wiedervorlage. Demnächst komm ich mit einem alten und erfahrenen Hund wieder. Für heute Abmarsch."

Der Inspektor hielt Wort. Beim Ausladen der nächsten Lieferung hatte er einen kompetenten Kollegen mit seinem guten Spürhund dabei. Auch diesmal gab der Hund Signal. Auch diesmal war eine Kontrolle der Lieferung ohne Ergebnis.

„Eigenartig." Zwei nachdenkliche Zollkontrolleure verließen das Gelände.

Eine Dienstbesprechung folgte am nächsten Tag.

„Es ist wenig wahrscheinlich, dass es sich um alten Duft handelt. Der Transport von Drogen muss erst vor kurzer Zeit erfolgt sein. Das ist eine Spur, der die Kollegen von der Drogenfahndung nachgehen müssen."

„Aber die Container sind doch verschlossen, die Papiere in Ordnung."
„Gerade das macht mich misstrauisch. Ich melde das nach oben."

Auch im Zollhauptamt wurde beraten. „Dieses Balkanland will doch in die EU. Da müssen wir uns auf korrekte Abläufe beim Zoll verlassen können."
Einer in der Runde machte den Vorschlag, sich die Sache doch einmal an Ort und Stelle anzusehen. Die Anregung wurde mit Begeisterung aufgenommen. Eine prima Dienstreise stand in Aussicht. „Aber darüber wird eine Etage höher entschieden."

Die Entscheidung war positiv.

Zwei Kölner Zollbeamte machten sich vor Ort auf dem Balkan sachkundig. Voll Stolz zeigte ihnen der Leiter der Dienststelle die neuen Ein-richtungen zur Zollabfertigung.
„Bei der Digitalisierung hinken wir natürlich noch etwas hinterher, aber das wird. Wir

wollen ein zuverlässiger und moderner Partner im internationalen Warenverkehr werden. Auf uns können sie sich verlassen."

Die Kölner Kollegen hatten einen guten Eindruck. Vom eigentlichen Anlass ihres Besuchs hatten sie nichts erzählt. ´Keine schlafenden Hunde wecken´.

„Scheint alles den Vorschriften zu entsprechen. Papiere, Verplombung, Warenkontrolle, alles takko."

Ein junger Zollinspektor meldete sich plötzlich aus dem Hintergrund. „Eine Plombenzange fehlt. Ausgeliehen. An den Präsidenten. Steht im Inventarverzeichnis."

Der Leiter der Dienststelle warf ihm einen missbilligenden Blick zu. Den vorlauten Burschen würde er sich vornehmen.

Auf der Rückreise tauschten sich die beiden Kölner Kollegen über ihre Eindrücke aus. „Die bemühen sich wirklich alles korrekt zu machen."

„Ja, aber was ist mit dieser Zange beim Präsidenten? Ungewöhnlich. Und dann so lange Zeit ausgeliehen. Werden wir zu Hause besprechen."

„Der Präsident ist für uns über jeden Zweifel erhaben."
Die Besprechung fand im kleinen Kreis statt.
„Ja," so der Einwand eines anderen Kollegen, „aber nicht die Firma IMPEX. Ich hab mich schlau gemacht, die sind sogar im Waffenhandel tätig. Ganz koscher sind die nicht." Ein anderer ergänzte. „Soweit ich informiert bin, war die Frau des Präsidenten Chefin dieser Firma. Jetzt soll sie ihm gehören."
„Wieso das?"
„Na ja, die Frau wurde ermordet, hier bei uns in Deutschland, bei einem Staatsbesuch."
Die Wortmeldungen gingen wild durcheinander. Am Ende stand fest, dass man hier genauer hinschauen müsse. Waffen-, vielleicht sogar Drogenschmuggel, da konnte man die Augen nicht schließen.

Gegenbesuch

Der Bürgermeister war mit seiner kleinen Delegation auf dem Balkan eingetroffen. Wie verabredet, sollte einer der beiden Polizeibeamten als getarnter Personenschützer immer beim Bürgermeister bleiben, der andere ging in dieser Zeit seinen Ermittlungen nach. Heute war Schuba beim Bürgermeister.

Michael hatte mit seinem Chat-Partner für ein Treffen mit Paul gesorgt, am Abend in einer Kneipe, etwas außerhalb. Paul hatte sich alleine an einen Tisch gesetzt. Es gab sogar Bier, allerdings aus der Flasche.

Die erste war bereits leer, nichts hatte sich gerührt.

Dann kam ein junger Mann an Pauls Tisch.

Leise fragte er „Sind Sie Herr Paul?"

„Ja, ´Blue Moon´ schickt mich. Wie ist ihr Name?"

„Bleiben wir bei Tantalus, mehr müssen Sie nicht wissen."

Paul hatte Verständnis dafür.

„Wie gut ist ihr Deutsch?"

„Gut genug für eine Unterhaltung."

„Ich zeige ihnen ein Video auf meinem Handy." Er spielte das Video aus den Kurznachrichten des WDR ab. „Wir haben recherchiert. Der Koffer stammte aus der VIP-Lounge. Und dort hatte damals ihr Präsident Vulkanovic mit seinen Begleitern gesessen."

Der junge Mann wechselte die Hautfarbe, mal blass mal rot. „Kann ich das Video haben?"

„Ich kann ihnen nicht mein Handy geben. Aber wenn Sie auch ein vernünftiges Handy haben, kann ich es überspielen."

So wurde es gemacht.

„Herr Paul, Sie hören wieder von mir. Morgen um die gleiche Zeit an gleicher Stelle."

„Nein, das geht nicht. Morgen habe ich Dienst. Übermorgen ist o.k."

Der junge Mann verschwand so unauffällig wie er gekommen war. Paul trank in Ruhe sein Bier.

Die Begleitung des Bürgermeisters als Personenschutz war ein langweiliger Job. Mit dem Bus zwei Städte an einem Tag, viel Protokoll, wenig Ergebnis. Paul war froh, als Schuba ihn am nächsten Tag ablöste.

Am Abend saß er wieder in der Kneipe, fast am gleichen Tisch. Die erste Flasche war wieder leer als endlich der junge Mann, Tantalus, erschien. Er war aufgeregt.

„Her Paul, ihre Information hat uns alle schwer durcheinandergebracht. Wir mussten das erstmal verdauen. Wir haben nämlich einem Freund Unrecht getan."

Er machte eine Pause. „Herr Paul, was ich jetzt sage ist streng vertraulich, es kann uns alle den Kopf kosten."

„Auf mich ist Verlass."

„Gut. Also: Wir hatten einen Anschlag auf Präsident Vulkanovic geplant. Alles war vorbereitet. Eine Bombe mit Zeitzünder war in einem Firmenpräsent versteckt. Unser Botschafter Grorankij sollte es unter einem Vorwand dem Präsidenten übergeben. Beim Rückflug wäre es dann zu einem Absturz gekommen, wahrscheinlich über dem Meer. Der Plan war perfekt. Aber es gab keinen Absturz. Wir haben angenommen, dass Genosse Grorankij seine Aufgabe nicht erfüllt hat. Wir haben ihn verachtet. Jetzt klärt sich alles auf. Manchmal ist der Zufall ein Teufel. Der Präsident lebt und seine Frau ist tot."

Er schwieg. Offensichtlich hatte er alles gesagt.

Jetzt war es an Paul den Faden weiterzuspinnen.

„Wir nehmen an, dass dieser Sladko über die Botschaft irgendwie auch an die Information über die Bombenexplosion am Flughafen gekommen ist. Er konnte sich leicht zwei und zwei zusammenreimen. Der Botschafter musste mit seinem Leben für seine Tat bezahlen. Na ja, wenigstens kennen wir jetzt das Motiv für diesen Mord."

Jetzt schwieg auch er.

Tantalus verschwand wieder so unauffällig wie er gekommen war. Paul trank seine zweite Flasche Bier.

Der auf vier Tage angesetzte Delegationsbesuch ging mit einem Festbankett zu Ende. Schuba und Paul mussten beide im Festsaal Platz nehmen, hatten aber zum Glück einen Tisch ganz am Rand des Raumes. Schuba stieß Paul an.

„Da meine ich zwei bekannte Gesichter zu erkennen. Diese beiden jungen Burschen dort am Tisch waren doch als Personenschützer des Präsidenten bei uns. Ich werde mal mit ihnen reden, von Kollege zu Kollege."

Er nahm sein Glas mit Wein und ging zu den Beiden.

Auch wenn die Unterhaltung nur im Flüsterton erfolgen konnte, gab es doch ein freundliches Hallo. Nach einigem Vorgeplänkel, Austausch über die gemeinsame Arbeit im Personenschutz, kam Schuba auf den Staatsbesuch in Deutschland zu sprechen. „Schrecklich, dieser Mord an der Präsidentengattin. Sie waren ja hautnah dabei. Konnte man den gar nicht verhindern, sie waren doch die Personenschützer?"

„Wir sind da außen vor. Wir zwei waren mit dem Präsidenten in der Fabrik."

„Und wo war Sladko?" fragte Schuba schnell. Er hatte sie überrumpelt. Ohne Argwohn sagte einer:

„Der war nicht bei uns. Der hatte einen Sonderauftrag."

„Von wem?" Schuba ließ nicht locker.

„Das wissen wir nicht." Wieder der erste. Der zweite ergänzte „Eigentlich kann nur der Präsident einen solchen Auftrag erteilen."

Schuba wechselte das Thema. Er fragte nach ihren Familien oder ob sie noch Junggesellen seien. Und schon waren sie beim Thema Frauen. Schuba spielte das Spiel mit.

Paul hatte ein anderes Ziel. Er hatte an einem Tisch die Dame aus dem Vorzimmer des Präsidenten entdeckt. Er steuerte ihren Tisch an, ein bisschen den Anschein erweckend, als ob er mit ihr flirten wolle. Sie blieb aber ziemlich abweisend. Paul versuchte es anders.

„Haben Sie schon von der Ermordung dieses Sladko gehört? Ist in unserer Stadt passiert."

Es gab keine Antwort. Paul redete weiter. „Mich würde interessieren, ob dieser Mirco Janic mal zu Besuch beim Präsidenten war."

Die Dame warf ihm einen verachtenden Blick zu. „Über Besuche beim Präsidenten kann ich keine Auskunft geben. Und jetzt verschwinden Sie."

Paul ging wieder an seinen Tisch, auch Schuba saß wieder dort. Sie sahen einander an und signalisierten sich ´Daumen hoch´.

Wahlkampf

Ivo war zufrieden. Der Besuch der deutschen Delegation war ein voller Erfolg, auch innenpolitisch. Die Städte hatten sich alle von ihrer besten Seite gezeigt und sich sehr um die Deutschen bemüht. Alle wollten gerne Partnerstadt werden. Er würde erst nach der Neuwahl eine Entscheidung treffen. Lieber vier Städte mit Hoffnung, als eine Siegerstadt und drei enttäuschte Bürgermeister.

Mareike hatte ihre Mitarbeiter versammelt, Paul und Schuba mussten berichten.
Paul zuerst. „Unser Koffervideo ist stark eingeschlagen, heftige Reaktion bei ´Tantalus´ und seinen Freunden. Unser Verdacht bezüglich eines Tatmotivs für die Ermordung des ehemaligen Botschafters Grorankij wurde voll bestätigt."
Mareike fragte noch nach Einzelheiten, dann gab sie Schuba das Wort.
„Die beiden jungen Personenschützer, die wir ja auch vom Staatsbesuch hier bei uns

kennen, haben bestätigt, das Sladko wegen eines Sonderauftrags nicht mit beim Firmenbesuch war. Einen solchen Auftrag, könne nur einer erteilen, der Chef, also Präsident Vulkanovic."

Auch hier stellte Mareike einige Nachfragen.

„Nee, mehr wussten die offensichtlich nicht. Sladko hat auch wohl nichts über diesen Sonderauftrag erzählt. Nach dem Mord an der Ehefrau gab es wohl nur noch das große Schweigen."

„Ich habe noch mit der Tussi aus dem Vorzimmer des Präsidenten gesprochen. Eine strenge Dame."

„Und Paul, hat sie geplaudert? Du hast doch bestimmt versucht mit ihr zu flirten."

„Nein, ist ein Eisklotz und ich kein Eisbrecher. Ich habe sie direkt auf einen Besuch von Mirco Janic beim Präsidenten angesprochen. Klare Abfuhr, aber trotzdem interessant. Auf meine einfache Frage, ob Mirco Janic beim Präsidenten war, hätte als Antwort ein einfaches Nein genügt. Sie sagte ´Ich kann

keine Auskunft geben´, das ist fast ein halbes Ja.“
Die anderen stimmten ihm zu.

Zwei Wochen nach dem Delegationsbesuch war es mit
Ivos bisheriger Zufriedenheit schlagartig vorbei. Beim Frühstück las er die Zeitung und die machte mit der Schlagzeile ´Sladko ein Mörder?´ auf. Sehr ausführlich wurde berichtet, dass ihre Journalisten aus sicherer Quelle erfahren hätten, dass der ehemalige Polizeioffizier und spätere Geschäftsführer von IMPEX des Mordes am Ex-Botschafter Grorankij verdächtigt würde. Eine Nachfrage bei der deutschen Polizei habe die Informationen bestätigt. Im Artikel gab es Angaben zur Todesursache, zum Todestag, zum Fundort der Leiche, alles sehr glaubwürdig. Am meisten ärgerte Ivo der letzte Satz des Artikels. ´Handelte Sladko aus eigenem Antrieb oder im Auftrag?´.
Voller Wut wollte Ivo spontan zum Telefon greifen. Diesen Schmierenjournalisten würde

er es zeigen. Aber es war noch zu früh, noch waren die Redaktionen unbesetzt.

Ivo zwang sich Ruhe und zum Nachdenken. Nein, keine heftige Reaktion, kein beschimpfen der Presse. Es kam darauf an, jede Spur zu ihm zu verbergen.

Am Nachmittag rief er in der Zeitungsredaktion an. Er habe mit Interesse den Artikel über Sladko gelesen. Er habe diese Person auch in schlechter Erinnerung. Als Polizeioffizier sei Sladko eine Niete gewesen. Nur wegen seiner Verdienste im revolutionären Kampf habe er ihn dann als Personenschützer eingesetzt, sozusagen als letzte Chance. Aber auch da habe er versagt. Und auch bei IMPEX habe er großen wirtschaftlichen Schaden angerichtet, es liefe noch eine Überprüfung.

Die Zeitung griff seine Informationen auf. In den nächsten Tagen folgten Interviews mit ehemaligen Kollegen von der Polizei, selbst einige von Sladko betrogene Damen meldeten sich. Der neue Geschäftsführer von IMPEX gab eine Pressekonferenz, auf der er

Sladko des Diebstahls aus der Firmenkasse bezichtigte.

Die Dinge liefen gut für Ivo.

Noch hatte die heiße Phase des Wahlkampfs nicht begonnen. Der journalistische Staub hatte sich wieder gelegt. Auch das Video von Frau Janic verschwand fast ganz aus den sozialen Medien und damit auch aus dem Bewusstsein der Bevölkerung. Ivo war zuversichtlich, seine Wiederwahl schien ihm sicher.

Dann kam der nächste Tiefschlag. Wieder ein Zeitungsbericht über Sladko. Diesmal lautete die fette Überschrift ´Sladko ein Doppelmörder?´, Unterzeile: ´Hat er Mirana Vulkanovic erschossen?´. Und wieder bezog sich die Zeitung auf zuverlässige, aber anonyme Quellen. Auch diesmal wurde der Verdacht gegen Sladko von der deutschen Polizei bestätigt. Auch dieser Artikel endete mit dem Satz: ´Handelte Sladko aus eigenem Antrieb oder im Auftrag?´.

Diesmal war Ivo nicht nur wütend, sondern aufgewühlt. Zwei Tage taucht er ab, war für keinen Journalisten zu sprechen. Dann trat er vor die Presse.

„Ich bin tief erschüttert. Der Mörder meiner Frau in meinem engsten Umfeld. Erst jetzt habe ich nachgeforscht und festgestellt, das Mirana stark im Waffenhandel und auch im Waffenschmuggel tätig war. Sie muss viele Feinde gehabt haben. Ich habe unsere Polizei gebeten, den gesamten Komplex sorgfältig zu durchleuchten. Dieser Schuft von Sladko." Nachfragen ließ er keine zu.

Ivo spürte, dass die Stimmung in der Wählerschaft kippte. Die Leute tuschelten. Nichts ist schlimmer als Gerüchte.

Aber es sollte noch schlimmer kommen.

Der Zoll war nicht untätig geblieben. Ein verdeckter Ermittler hatte den Transport von Orientwaren nach Deutschland durch die Firma IMPEX verfolgt. Am staatlichen Zoll vor Ort war alles in Ordnung, die Ware war sauber, der Container verschlossen und verplombt. Der IMPEX-LKW fuhr aber nicht sofort auf die Fernstraße in Richtung Alpen, sondern machte erst einen Schlenker auf das Firmengelände von IMPEX. Eine Überwachung war dort nicht möglich, aber der Aufenthalt dauerte länger. Nach langer Fahrt ging es auch in Deutschland nicht direkt zum Lager des Großhändlers in Köln. Ein abgelegener Parkplatz wurde in der Dunkelheit angefahren. Ein Kleintransporter stellte sich neben den IMPEX-LKW. Der Container wurde geöffnet, Pakete umgeladen. Die Zöllner warteten ab. Der kleine Transporter wurde nach wenigen Kilometern von der Polizei angehalten.

Auf dem Parkplatz wurde der Container wieder geschlossen. Der Fahrer begann mit einer neuen Versiegelung, mit Plomben und Draht. Die Zöllner griffen zu.

Diesmal war Ivo entsetzt. Die Schlagzeile in der Zeitung der Hauptstadt lautete: ´IMPEX eine Zentrale des Drogenhandels´. Ausführlich wurde in dem Artikel der Erfolg der Zollbehörden und der Drogenfahndung beschrieben. Der verhaftete Fahrer hatte gestanden, dass er mit Hilfe einer Plomben-zange schon seit langer Zeit illegale Waren nach Deutschland gebracht habe.

Diesmal konnte nur die Flucht nach vorn helfen. Ein wütender Präsident trat vor die Presse. „Was ist dieses IMPEX nur für ein Saustall. Erst dieser Dieb von Sladko, dann dieser Skandal. Dabei habe ich extra zwei Geschäftsführer berufen, die nach dem Abgang von Sladko für Ordnung sorgen sollten. Aber wie ich erfahren habe ist der eine von ihnen, Hassan, verschwunden. Der wird seine Gründe haben. Mir wurde von diesen krummen Geschäften nichts berichtet. Ich war guten Glaubens."
Es gab keine Nachfragen der Journalisten, aber viel Kopfschütteln.

Es kam, wie es kommen musste. Ivos Partei verlor die Wahl deutlich.
´Tantalus´ schickte eine E-Mail. „Blue Moon, vielen Dank."

Das Verhör

Mareike genoss diese zwei freien Tage, die sie mit Paul gemeinsam hatte. Sie schaute sich im Zimmer um. Paul war ein unordentlicher Hausmann, aber liebevoll bemüht. Ihr Handy klingelte.

„Hier Schmitt, Dr. Schmitt mit zwei T. Frau Lakner, entschuldigen Sie die Störung. Aber ich bin um Amtshilfe gebeten worden, inoffiziell. Die zuständigen Kollegen haben versucht, Sie in ihrer Dienststelle zu erreichen, ohne Erfolg. Ich habe ja ihre Handynummer."

„Wo brennt es denn?"

„Der ehemalige Präsident Vulkanovic ist verhaftet worden. Er sitzt in Berlin in polizeilichem Gewahrsam.

Die neue Regierung beschuldigt ihn des massiven Diebstahls aus der Staatskasse bei seiner Ausreise noch am Wahlabend. Wie immer ist die Sache politisch heikel. Das Auswärtige Amt drängt auf Zusammenarbeit mit der neuen Regierung des Balkanstaates.

Wir sind aber an Gesetz und Recht gebunden. Ein Vorwurf ist noch kein Beweis. Und Gewahrsam ist keine Haft, die zeitlichen Grenzen sind da sehr strikt. Ihre Behörde ist doch in diesem Fall tätig gewesen und Sie haben mir gegenüber da so einige Vermutungen geäußert. Wenn wir Ivo Vulkanovic festhalten wollen, dann brauchen wir mehr. Bitte kommen Sie schnell nach Berlin, auch ihre Mitarbeiter sollten mitkommen. Das Verhör sollte noch heute stattfinden, sonst müssen wir den Mann wieder laufen lassen."

„Also ist er nicht verhaftet worden, sondern sitzt nur in Gewahrsam. Dann ist Eile geboten. Wie hat er sich denn schnappen lassen?"

„Er hat sich mit der Einreise nach Deutschland Zeit gelassen, war vielleicht noch in einem anderen Land, wir vermuten in der Schweiz. Bei der Einreise ist er am Berliner Flughafen festgehalten worden. Sein alter Diplomatenpass war inzwischen für ungültig erklärt worden."

„Schnelle Arbeit der neuen Regierung."
„Ja, die neue Regierung hat großes Interesse an seiner Person. Kommen Sie?"
„Na klar. Geben Sie mir Einzelheiten, wo wir uns in Berlin melden sollen."
Dr. Schmitt machte die gewünschten Angaben.

„Faulpelz, aufstehen. Es gibt Arbeit."
Paul lachte sie aus dem Bett heraus an. „Nee, heute haben wir beide frei. Komm ins Bett."
„Nichts da. Es ist ernst. Wir müssen Ivo Vulkanovic verhören."
Bei einer Tasse Kaffee und einem hastigen Brötchen erzählte sie Paul den Inhalt des Gesprächs mit Dr. Schmitt.
„Wir sollten Schuba mitnehmen. Dann können er und ich ´weich und hart´ mit ihm spielen."
„Gut, Schuba kommt mit."

Auf dem Weg nach Berlin besprachen die Drei ihre Verhörtaktik.

Ivo Vulkanovic saß auf einem einfachen Stuhl in einem kargen Raum. Vor sich ein hölzerner Tisch und zwei noch leere Holzstühle, in der Wand eine große Glasscheibe. Er war unsicher. Es war ihm klar, dass dies ein Verhörraum war, aber was wollte man vom ihm? Wenn er noch ein paar Stunden durchhalten würde, müsste man ihn gehen lassen.

Endlich passierte etwas. Zwei Polizeibeamte kamen herein und nahmen auf den Stühlen ihm gegenüber Platz.

„Herr Vulkanovic, was wollten Sie in Berlin?"

„Ich habe hier Geschäfte zu erledigen."

„Welche Geschäft? Bei einer Bank?"

Ivo schwieg. Paul und Schuba wechselten sich mit den Fragen ab.

„Herr Vulkanovic, in ihrer Brieftasche wurde ein Beleg über die Einzahlung eines großen Betrages am Datum ihres Staatsbesuchs hier in Deutschland gefunden."

„Da habe ich nichts mit zu tun. Das war Firmengeld von IMPEX, meine Frau hat das eingezahlt."

„Auf ein Konto für Eheleute? Eigenartig. Die Regierung ihres Heimatlandes erklärt, dass es sich um Gelder aus der Staatskasse gehandelt habe. Auch weitere große Beträge sollen Sie bei ihrer hastigen Abreise aus der Heimat von staatlichen Konten mitgenommen haben. Stimmt das?"

„Ich bin mir keiner Schuld bewusst. Die Gelder standen mir zu Diese korrupten Arschlöcher können erklären was sie wollen."

„Na mal langsam mit der drastischen Sprache. In ihrer Regierungszeit soll die Korruption ja auch geblüht haben. Und Sie mittendrin."

Ivo schwieg wieder. Es entstand eine Pause.

„Wir haben da noch Fragen zu etwas ganz anderem. Der inhaftierte Mirco Janic hat unter Eid ausgesagt, dass er den Sladko auf ihren Wunsch oder sogar Befehl erschossen habe."

„Sie glauben doch etwa keinem Raubmörder."

„Wir haben da einen ganz anderen Eindruck von Herrn Janic. Und außerdem hat ihre Vorzimmerdame uns berichtet, dass Janic Sie wenige Tage vor diesem Mord in ihrem Büro besucht hat."

Das stimmte nicht ganz, eine kleine Lüge muss im Verhör erlaubt sein.

„Diese blöde Kuh."

„Gab es diesen Besuch?"

„Wenn die Ziege es sagt, ja. Es ist ja wohl nicht verboten mit einem alten Kampfgefährten ein paar Schnäpse zu trinken."

Schuba ergänzte: „Und dabei über die Beseitigung von Sladko zu sprechen."

Ivo schwieg wieder.

Paul mit harter Stimme „Ich werde eine Gegenüberstellung mit Herrn Janic veranlassen. Dann werden wir sehen, wer glaubwürdiger ist."

Schuba ergänzte: „Der LKW-Fahrer von IMPEX hat uns gestanden, dass er Mirco Janic auf ihre Anordnung nach Deutschland mitgenommen hat."

Ivo wurde nervös. „Dieser Sladko war eine Schmeißfliege, ein Dieb am Volksvermögen.

Als Regierungschef muss man manchmal harte Entscheidungen treffen."

„Also hat Janic im Auftrag gehandelt?" Halb Frage, halb Feststellung.

Ivo schwieg wieder.

Mareike, die die ganze Zeit hinter der Glasscheibe das Verhör verfolgt hatte, kam herein. Sie spielte die Rolle einer unter-geordneten Mitarbeiterin.

„Kaffee die Herren?"

Ein knappes Ja.

Sie kam nach wenigen Augenblicken zurück, mit zwei Tassen heißen Kaffee, nur für Paul und Schuba.

Paul setzte die Befragung fort. „Gab es da nicht noch einen anderen Grund für die Beseitigung von Sladko.?"

„Ich wüsste nicht welchen."

Wieder Schuba. „Wir schon. Sladko war auch der Mörder des ehemaligen Botschafters Grorankij. Auch auf ihren Befehl?"

„Nein, das war Sladkos eigene Entscheidung."

„Also Sie bestätigen, das Sladko der Mörder war. Wir kennen auch das Motiv. Grorankij sollte eine Bombe an Bord ihres Flugzeugs schmuggeln, wäre ihm fast geglückt. Sladko hat bei seinem Besuch in Berlin in der Botschaft von dem beinahe erfolgreichen Anschlag erfahren. Er hat dann mit ihnen telefoniert."

„Woher wollen sie das wissen?"

„Die Mitarbeiterin der Botschaft hat das Gespräch zufällig mitgehört."

„Das kann nicht stimmen. Sladko hat mir gesagt, dass er von seinem Handy aus einem Nebenraum anrufen würde."

Zu spät bemerkte Ivo, dass er sich verplappert hatte.

„Sie bestätigen dieses Telefongespräch. Sie haben dabei von den Anschlagabsichten erfahren und die Tötung angeordnet?"

„Nein, nein. Es war Sladkos eigener Entschluss."

„Aber Sie haben den Entschluss gebilligt?"

Ivo schwieg wieder.

„Herr Vulkanovic, auch die Anstiftung zum Mord ist eine Straftat. Jedes deutsche Gericht wird sie dafür zu einer Haftstrafe verurteilen."

Paul und Schuba tranken in Ruhe ihren Kaffee. Sie ließen ihr Gegenüber etwas schmoren.

„Wie war eigentlich ihre Ehe?"
„Es war eine Liebesheirat."
„Und nach der Hochzeit?" Schuba setzte nach.
„Anfangs war es Liebe. Dann hatte jeder seine eigene Karriere im Blick. Wir lebten uns auseinander."
„Wir haben da etwas anderes in unseren Akten. Die Harmonie war doch wohl total im Eimer."
Paul mit Schärfe: „Hatte sie ein Verhältnis mit Sladko?"
„Den hätte sie nicht mal mit dem Hintern angeguckt. Ja, es gab Männergeschichten. Aber wir waren beide tolerant."
Paul ging zum Angriff über. „Warum hat Sladko sie erschossen? Sie haben angeordnet, dass er Sie nicht beim Besuch der Fabrik begleitet. Er sollte für Sie eine

Sonderaufgabe erledigen. Den Todesschuss. War das von langer Hand geplant?"

Mareike griff wieder ein. Mit einem Zettel in der Hand, es war nur ein leeres Blatt, stürmte sie in den Raum.

„Meine Herren, entschuldigen sie die Störung. Eine wichtige Nachricht. Die Regierung des Heimatlandes des Beschuldigten hat sehr dringend um seine Auslieferung gebeten, ja fast gefordert."

„Nein, keine Auslieferung. Bitte." Ivos leise Stimme war flehend.

„Wir werden sehen. Was ist an einer Auslieferung so schlimm?"

„Die neuen Herren werden rachsüchtig sein. Und bei uns gibt es noch die Todesstrafe."

Schuba spielte wieder die sanfte Rolle. „Ein Geständnis könnte einen deutschen Richter milde stimmen."

Ivo verbarg sein Gesicht hinter seinen Händen. Diese Deutschen wussten ja doch schon alles. Endlich brach er sein Schweigen. „Mirana war kein Engel. Sie war eine geldgierige Nutte. Mich hat sie wie einen dummen Jungen behandelt. Dabei war ich ein Anführer der Revolution, ich habe die Partei gegründet, ich habe bei den Wahlen gesiegt. Sie tat so, als ob ich alles nur ihr zu verdanken hätte. Sie wollte immer alles bestimmen. Ich war nur ihre Marionette. Hinter meinem Rücken tuschelten die Leute. Es war demütigend."

„Genug für einen Mord?"

„Sie haben ja keine Ahnung, wie sehr ich gelitten habe. Ich bin ein Mann. Ich habe Ziele verfolgt und erreicht. Für sie zählte das alles nicht."

„Und dann entstand ein Plan?"

Ivo zögerte. „Ja. Dieser Staatsbesuch."

Zeitfracht Medien GmbH
Ferdinand-Jühlke-Straße 7
99095 Erfurt, Deutschland
produktsicherheit@kolibri360.de